इरावती

जयशङ्कर 'प्रसाद'

लोकभारती प्रकाशन

इरावती

लोकभारती प्रकाशन
पहली मंजिल, दरबारी बिल्डिंग, महात्मा गांधी मार्ग
प्रयागराज-211 001
वेबसाइट : www.lokbhartiprakashan.com
ईमेल : info@lokbhartiprakashan.com

शाखाएँ : 1-बी, नेताजी सुभाष मार्ग, दरियागंज
नई दिल्ली-110 002
अशोक राजपथ, साइंस कॉलेज के सामने
पटना-800 006
1, अनमोल सोराबजी संतुक लेन, धोबी तलाव,
मरीन लाइंस, मुम्बई-400 002

संस्करण : 2024

मूल्य : ₹ 495

बी.के. ऑफसेट
नवीन शाहदरा, दिल्ली-110 032
द्वारा मुद्रित

IRAVATI
by Jai Shankar Prasad

ISBN : 978-81-975096-0-5

स्वर्गीय 'बाबू जयशङ्कर प्रसादजी की असामयिक मृत्यु से हिन्दी-साहित्य की अपार हानि हुई है; यह सत्य उनकी गति-विधि से परिचित प्रत्येक व्यक्ति जानता है। साहित्य के विविध क्षेत्रों को वे अपनी प्रतिभा से बहुमूल्य रत्न प्रदान करते थे। उनके अति निकट के परिचित यह भी जानते हैं कि वे एक निश्चित कार्यक्रम के अनुसार आगामी दिनों में विविध साहित्य-सृष्टि करने वाले थे। उनके मन की इच्छाएँ हम सब के दुर्भाग्य से, बल्कि कहें, हिन्दी-साहित्य के दुर्भाग्य से पूर्ण न हो सकीं और वे अकाल काल-कवलित हुए।

'कामायनी' की समाप्ति के साथ ही उन्होंने प्रस्तुत पुस्तक 'इरावती' का लिखना प्रारंभ किया था। औपन्यासिक क्षेत्र में यह उनकी तीसरी पुस्तक थी। काल ने इसे भी पूर्ण नहीं होने दिया। हिन्दी में मौलिक ऐतिहासिक उपन्यास नहीं के बराबर हैं। ऐसी स्थिति में प्रसादजी की दृष्टि इस ओर जाना स्वाभाविक है। वह इस क्षेत्र में कैसी सफलता प्राप्त करते, यह उनके नाटकों से परिचित विद्वान् जानते हैं, और इस अधूरे उपन्यास को पढ़नेवाले पाठक समझेंगे। हम तो यही कह सकते हैं कि यह उपन्यास अगर पूरा हो गया होता, तो हमारा साहित्य गर्वपूर्वक दूसरी भाषाओं के उच्चकोटि के ऐतिहासिक उपन्यासों के बीच अपनी भी एक चीज़ रख सकता। किन्तु आज तो इस दिशा में उनकी यह निशानी ही हमारे मार्ग को उज्ज्वल रखेगी। हमारा विश्वास है, पाठक इस अधूरी कृति में भी प्रसादजी की आत्मा के दर्शन करेंगे।

इस कृति के प्रकाशित होने में अत्यन्त देर हो गयी है। इस कारण साहित्य के प्रेमियों को उद्विग्नता हुई है और वे निराश हुए हैं। अपने इस अपराध के लिए हम क्षमा-प्रार्थी हैं।

'इरावती' की पाण्डुलिपि के साथ लेखक के कुछ संकेतपत्र भी थे। उसमें से निम्न अंश पुस्तक की भाव-पीठिका समझकर उन्हीं के हस्ताक्षरों में हम दे रहे हैं—

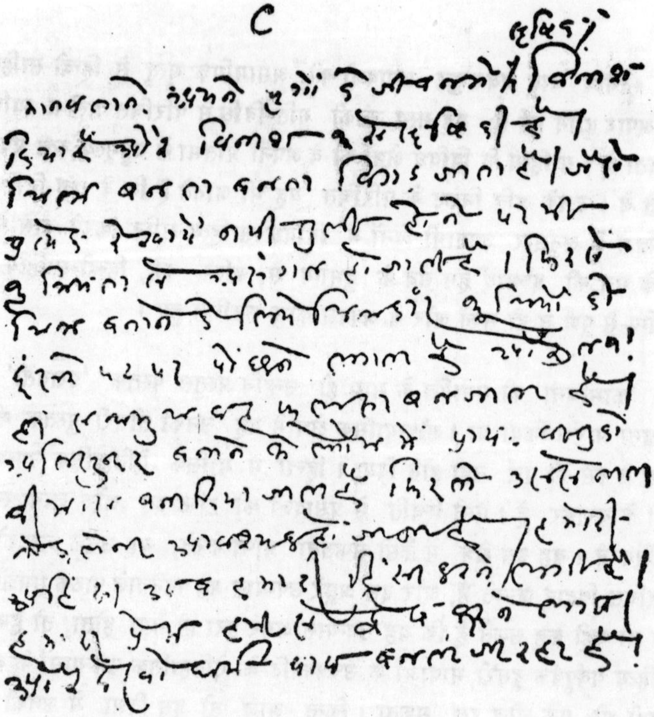

[मानवता ने अपने युगों के जीवन में सृष्टि का विनाश किया है और विनाश से सृष्टि की है। चित्र बनता-बनता बिगड़ जाता है। जैसे प्रत्येक रेखाएँ नपी-तुली होने पर भी कृत्रिमता से असंगत हो जातो हैं ! फिर से चित्र बनाने के लिए चित्रकार कूचियों को दूसरे पट पर पोंछने लगता है और तब ! हाँ सचमुच वह फूल-सा बन जाता है ! अति सुन्दर बनाने के लोभ में प्राय: वस्तु को वीभत्स बना दिया जाता है, फिर तो उससे नाता तोड़ लेना आवश्यक हो जाता है। हमारी अहिंसा अब हमारी हिंसा करने लगी है। हमारा प्रेम हमी से द्वेष करने लगा। और देखो धर्म पाप बनता जा रहा है !]

—प्रकाशक

इरावती

उसकी आँखें आशा-विहीन सन्ध्या और उल्लास-विहीन उषा की तरह काली और रतनारी थीं। कभी-कभी उनमें दिग्दाह का भ्रम होता, वे जल उठतीं; परन्तु फिर जैसे बुझ जातीं। वह न वेदना थी न प्रसन्नता। उसके घुंघराले बाल जटा न बन पाये। छोटी-छोटी स्वतः बढ़ने वाली दाढ़ी भी कुछ यों ही कालिमा से उसकी सुवर्ण-त्वचा को रेखांकित कर रही थी। शरीर केवल हाड़ से बना प्रतीत होता था; परन्तु उसमें बल का अभाव नहीं था। वह अभी आकर, शिप्रा के शीतल जल से स्नान कर घाट पर बैठा था। उसके मणिबन्ध में, किसी नागरिका के जूड़े की शिप्रा में गिरी हुई माला पड़ी थी, अकारण। उसमें अभी गन्ध थी। फिर भी उसे सूंघने की इच्छा नहीं। वह परदेशी था। उसकी एक छोटी गठरी वहीं पड़ी थी। शिप्रा में जल-विहार करने वालों की कमी न थी। वसन्त की सन्ध्या में आकाश प्रसन्न था। प्रदोष का रमणीय समय, किन्तु वह तो अनमना थका-सा तब भी जैसे इन सब की वह उपेक्षा कर रहा था।

तूर्य-नाद और दुन्दुभि का गम्भीर घोष गूंजने लगा। चारों ओर जैसे हलचल मची। लोग उठकर चलने लगे। परन्तु वह स्थिर बैठा रहा। किसी ने पूछा पूछा—"तुम न चलोगे क्या ?"

"कहाँ ?"

"मन्दिर में"—

"किस मन्दिर में ?"

"यहीं महाकाल की आरती देखने"—

"अच्छा"—कहकर भी वह उठा नहीं। घाट जन-शून्य हो गया। मन्दिर की पताका धूमिल आकाश में लहरा रही थी। वह बैठा रहता; परन्तु चपल घोड़ों से सज्जित एक पुष्प-रथ, वहीं घाटी के समीप आकर रुका। उस पर बैठे हुए युवक ने सारथी से कहा—"बस यहीं, किन्तु वे सब कहाँ हैं, अभी नहीं आये। इतने में अश्वारोहियों की एक छोटी-सी टुकड़ी वहाँ आकर खड़ी हुई। रथी ने कुछ संकेत किया। वे सब उतर पड़े। शिप्रा-तट के बट की शाखाओं में घोड़ों के

डोर अटका दिये गये। कुछ परिचारक भी दौड़ते हुए आये। वे सब वहीं ठहर गये। केवल एक उल्काधारी महाकाल के गोपुर की ओर बढ़ने लगा। पीछे-पीछे ये लोग चले। रथी का डील-डौल साधारण था, किन्तु उसका प्रभाव असाधारण। उसके समीप से लोग हट जाते।

कुतूहल और क्या, पहला परदेसी इन्हीं लोगों के साथ, पीछे-पीछे मन्दिर में घुसा। सब लोग व्यस्त थे। पूजन आरम्भ हो चुका था। नागरिकों का झुंड भी चला आ रहा था। किन्तु न जाने क्यों उस रथी पर दृष्टि जाते ही जैसे सब सशंक हो जाते। पथ छोड़ देते।

मन्दिर के विशाल प्रांगण में नर-नारी की भीड़ उमड़ रही थी। महाकाल का प्रदोष-पूजन भारत-विख्यात था। उसमें भक्ति और भाव दोनों का समावेश था। सात्विक पूजा के साथ नृत्य-गीत-कला का समावेश था। इसीलिए बौद्ध-शासन में भी उज्जयिनी की वह शोभा सजीव थी।

महाकाल के विशाल मन्दिर में सायंकालीन पूजन हो चुका था। दर्शक अभी भी भक्ति-भाव से यथास्थान बैठ रहे थे। मण्डप के विशाल स्तम्भों से बेले के गजरे झूल रहे थे। स्वर्ण के ऊँचे दीपाधारों में सुगन्धित तैलों के दीप जल रहे थे। कस्तूरी अगरु से मिली हुई धूप-गन्ध, मन्दिर में फैल रही थी। गर्भगृह के समीप एक मुक्तकेश ब्रह्मचारी एक सौ एक बत्तियों की जलती हुई आरती को अपनी बड़ी-बड़ी रतनारी आँखों से देख रहा था। पुष्प-शृंगार से भूषित महाकाल-मूर्ति की विशाल देहली पर बीचोबीच वह आरती जल रही थी, जिसे अपनी दृढ़ भुजा से ब्रह्मचारी ने घुमा कर रख दी है। पटह, तूर्य शान्त नीरव थे। मण्डप का चौकोर भाग बीच में खाली था। दर्शक चुप थे। सहसा मृदंग और वीणा बज उठी। न जाने किधर से नूपुर को झनकारती हुई एक देवदासी उसी रिक्त भूमिका में लास्य-मुद्रा में आ खड़ी हुई, भावाभिनय संगीत और नृत्य साथ-साथ चला।

उमा-तपस्वी हर के समीप पुष्प-पात्र लेकर जाती है। वसन्त का प्रादुर्भाव होता है। उमा के अंग-अंग में श्री, यौवन और कमनीयता तरंग-सी उठने लगती है। कोयल की पंचम तान, वीणा की मधुर झनकार के साथ वह अप्सरा महाकाल के समीप पुष्पांजलि बिखेर देती है।

निशीथ-व्यापी संगीत-समारोह का यह मंगलाचरण था। आज मन्दिर में विशेष उत्सव की आयोजना थी। दर्शकों में एक ओर रथारोही व्यक्ति बैठा था। उसके साथी भी विशेष सावधान थे। किन्तु उसकी दृष्टि देवदासी पर थी। एक बार भी देव-प्रतिमा की ओर उसने भूल से भी नहीं देखा। उद्विग्न होकर उसने अपने साथी से धीरे से कहा—

"यह देव-मन्दिर है या रंगशाला ?"

"कुमार ! शान्त रहिए !" साथी ने कहा।

कुमार की आँखें जल उठीं। उसने एक बार अपने साथियों को देखा, जैसे अपने बल का अनुमान करता हो। फिर उसने देखा अपने समीप ही खड़े हुए उस युवा पथिक को, जो तन्मय होकर अपलक आँखों से नर्तकी को देख रहा था। मूर्त्तिमती कला का वायवीय आकर उसके हृदय के भीतर स्पर्श करके मधुरता से भर रहा था। कुमार व्यंग से हँस पड़ा। उसने चौंककर कुमार को देखा। जैसे जन्मजात दो विरोधी एक-दूसरे को अकस्मात् दीख पड़े, वही दशा उन दोनों की हुई।

नर्तकी ने गायन प्रारम्भ किया। उसकी पञ्चम तान सभा-मण्डप में गूंज उठी। और युवा परदेशी ! वह तो जैसे पागल हो उठा। उसकी आँखें जैसे फैल गयीं। वह कुछ पहचान लेने का प्रयत्न कर रहा था। अब वह रुक नहीं सकता, बोलना ही चाहता था कि नवागन्तुक कुमार ने ललकार कर कहा—"बन्द करो निन्दनीय प्रदर्शन को ! देव-मन्दिर के नाम पर विलासिता के प्रचार को बन्द करो।"

महाकाल-प्रतिमा के समीप बैठा हुआ ब्रह्मचारी तन कर खड़ा हो गया। उसने प्रतीक्षा की, अब जनता में से कोई प्रतिवाद करता है। किन्तु सहसा नर्तकी के आभूषणों की तरह भनभना कर वे मौन रह गये; ब्रह्मचारी ने कहा—"देवाधिदेव की स्तुति करने से रुक जाना, सो भी किसी अपरिचित की आज्ञा पर, उचित नहीं। इरावती ! तुम चुप क्यों हो ?"

इरावती ने आरम्भ किया। कुमार का मुंह लाल हो उठा। उसने कड़क कर कहा—"मौर्य साम्राज्य के कुमारामात्य बृहस्पतिमित्र का परिचय तुम नहीं जानते देवकुलिक !"

"शान्त ! तुम तो भाषा का भी साधारण ज्ञान नहीं रखते कुमार ! देवकुल मृतकों का होता है देवता का नहीं।" ब्रह्मचारी अपनी पूर्ण मनुष्यता में तन कर खड़ा था। बृहस्पतिमित्र उसकी ओर देखने का साहस छोड़ चुका था, परन्तु उसने ढिठाई से कहा—"कहाँ है उज्जयिनी का प्रादेशिक महामात्य। उसको मेरे आगमन की सूचना दो। और इस नर्तकी को पकड़ कर दुर्ग में ले जाओ।"

बृहस्पतिमित्र का एक साथी दौड़ा हुआ बाहर गया। दूसरा सभा मण्डप म इरावती की ओर चला। दर्शकों में भगदड़ पड़ी। रंग में भंग हुआ। किन्तु युवा पथिक अब अपने को रोक न सका। वह भी मण्डप के बीच इरावती के समीप

वायु-वेग से जा पहुँचा। इरावती से उसने धीरे से कहा—"इरा! मैं हूँ, डरने की कोई बात नहीं। मेरे रहते तुम्हारा अनिष्ट नहीं हो सकता।"

इरावती कृतज्ञता से उसकी ओर देख कर बोली—"धन्यवाद! अग्निमित्र! किन्तु मैं बन्दी होना चाहती हूँ।"

ब्रह्मचारी हँस पड़ा। अग्निमित्र संकोच में गड़-सा गया। उसकी कृपाण कटिबन्ध में चली गई। नतमस्तक वह खड़ा रहा। कुमारामात्य का साथी इरावती को जब पकड़कर ले चला, तब ब्रह्मचारी ने धीरे से उसे अपनी ओर खींच लिया।

बृहस्पति ऐंठा हुआ उद्धत-भाव से दूसरी ओर देख रहा था। पलक मारते यह घटना हुई। सभा-मण्डप जन-शून्य हो गया। केवल कुमार के साथी और गर्भगृह के द्वार पर अग्निमित्र तथा ब्रह्मचारी खड़े रहे।

प्रादेशिक के आने तक सब मौन बने रहे। केवल ब्रह्मचारी के नेत्रों से उल्का की तरह एक ज्वाला निकलती और फिर अपने आप बुझ जाती थी। जैसे उसके हृदय की शीतलता पानी लेकर खड़ी थी।

प्रादेशिक ने कुमार को नमस्कार किया। गर्वोद्धत कुमार बृहस्पति उचित उत्तर न देकर पूछ बैठा—"क्यों जी, तुमने धर्म-विजय की आयोजना और उसके सम्बन्ध में निकली हुई आज्ञाओं का अच्छी तरह पालन किया है? देखता हूँ कि उज्जयिनी के प्रादेशिक ने साम्राज्य को केवल नियमित कर भेज देना ही अपना कर्तव्य समझ लिया है।"

"आर्य! मैं अपनी त्रुटि अभी तक नहीं समझ सका।"—सविनय प्रादेशिक ने कहा।

"क्यों समझोगे! धर्म के नाम पर शील का पतन, काम-सुखों की उत्तेजना और विलासिता का प्रचार तुमको भी बुरा नहीं लगता न! स्वर्गीय देवप्रिय सम्राट् अशोक का धर्मानुशासन एक स्वप्न नहीं था। सम्राट् उस धर्म-विजय को सजीव रखना चाहते हैं। किन्तु वह शासकों की कृपा से चलने पावे तब तो। तुम्हारी छाया के नीचे ये व्यभिचार के अड्डे, चरित्र के हत्यागृह और पाखण्ड के उद्‌गम सबल हैं। और तुम आँखें बन्द किये निद्रा ले रहे हो। मैं किसी के धार्मिक कृत्य में बाधा नहीं देना चाहता, किन्तु चारित्र्य विनाश और हिंसा-मूलक क्रियाओं का रोकना मेरा कर्तव्य है। मैं वेश्याओं से घिरी हुई देव-प्रतिमा से घृणा करता हूँ। यह श्रृङ्गार-लास्य धर्म है क्या?"

अब ब्रह्मचारी से नहीं रहा गया। उसने कहा—"धर्म क्या है और क्या नहीं है, यह महाकाल-मन्दिर का आचार्य बौद्ध-धर्म-महामात्र से सीखना नहीं

चाहता। यह व्याख्यान मन्दिर में न देकर कहीं और देने की कृपा कीजिए। मुझे तो स्पष्ट राजा की आज्ञा मिलनी चाहिए। शासक मुझसे क्या चाहता है। शासन-दण्ड-धर्म में परिवर्तन नहीं करा सकता। हाँ, उसके राष्ट्र में मेरा धर्म कहाँ तक बाधक है, यह मैं देख लूंगा।"

कुमार का क्रोध अब अपने में नहीं रह सका। उसने उच्च कंठ से कहा—"तो सुनो, मौर्य-साम्राज्य की प्रधान नीति धर्म-संशोधन की है। जितने अनाचार हैं, वे सब राष्ट्र में न होने पावेंगे।"

ब्रह्मचारी की आँखों से एक बार फिर ज्वाला निकली। महाकाल के पुजारी ने दृढ़ कंठ से कहा—"किन्तु भगवान् का ताण्डव-नृत्य क्या है? तुम नहीं जानते कुमार! उस नृत्य को रोकने की किसमें क्षमता है! तुम्हारी समस्त शक्ति उन शक्तिनाथ की विभूति का एक कण है। बड़े-बड़े साम्राज्य और सम्राट् उसकी एक दृष्टि में नाश होते हैं। सावधान!...."

ब्रह्मचारी का वाक्य पूरा नहीं होने पाया था कि दो उल्काधारियों के साथ एक सम्भ्रान्त राजपुरुष ने दौड़ते हुए आकर कहा—"कुमार की जय हो! सम्राट् शतधनुष ने निर्वाण प्राप्त किया।" एक क्षण में महान् परिवर्तन! ब्रह्मचारी ने मुस्करा दिया। अग्निमित्र चकित हो रहा था। और युवा कुमार यह नहीं सोच सकता था कि वह शोक प्रकट करे या राज्य प्राप्त करने का हर्ष! क्योंकि साम्राज्य के सिंहासन पाने में बड़ी बाधाएँ थीं। वह अवनत मस्तक चुप खड़ा था। राजनिधन का समाचार मन्दिर के कोने-कोने में फैल गया। साथ ही—उपासकों ने दबे, किन्तु दृढ़ स्वर में कहा "यह महाकाल का कोप है।"

महाकुमार बृहस्पतिमित्र ने उस अवसाद से ऊपर उठने की चेष्टा करते हुए कहा—"प्रादेशिक! इस नर्तकी को अभी कुछ दिनों के लिए संघ में भेज दो और मैं कुसुमपुर जा रहा हूँ। जो कर है वह भी सेना के साथ मेरे पीछे-पीछे शीघ्र पहुँचे, इसमें भूल न हो।"

बृहस्पतिमित्र मन्दिर-प्रांगण से बाहर हो गया। और पुष्परथ पर बैठ कर वेग से उसी रात्रि के अन्धकार में पाटलिपुत्र की ओर चल पड़ा। उज्जयिनी की भयभीत जनता ने देखा कि उल्काधारी अश्वारोहियों के बीच एक क्रूर पिशाच-परिवार गन्धर्व-नगर की तरह उड़ा जा रहा है।

जनता लौट कर प्रांगण में न आई। ब्रह्मचारी निश्चल-भाव से गर्भगृह के द्वार पर खड़ा था। और अग्निमित्र जैसे निरुपाय छटपटा रहा था।

इरावती चुपचाप खड़ी थी। उसकी दृष्टि से तिरस्कार की लहर उठ रही

थी। प्रादेशिक प्रतीक्षा कर रहा था। भिक्षुणी-संघ में समाचार भेजा जा चुका था।

अग्निमित्र अपने को उलझनों से बाहर करने के लिए अभी तक संघर्ष कर रहा था। उसने कहा—"इरा ! तुम भिक्षुणी होने के पहले मुझसे कुछ बातें न कर लोगी ?"

प्रादेशिक उद्विग्न मन से साम्राज्य के उलट-फेर की बात सोच रहा था। उसने अपने साथी सैनिक से कहा—"मैं जाता हूँ। यह स्त्री तब तक अपने इस परिचित से बात करती है; फिर भिक्षुणी-संघ से किसी के आ जाने पर उसी के साथ इसे पहुँचा देना। समझा न !"

प्रादेशिक महामात्य चला गया। इरावती ने कहा—"क्या बिना मुझसे पूछे तुम रह नहीं सकते ? अग्नि ! मैं जीवन-रागिनी में वर्जित स्वर हूँ। मुझे छेड़कर तुम सुखी न हो सकोगे।"

"इरा ! यह असम्भव है। मैं तुमसे अपनी असमर्थता का विवरण देना चाहता हूँ। जिस अवस्था में मुझे तुमसे अलग होना पड़ा....!"

"ठहरो; मुझे उसकी आवश्यकता नहीं। तुम यही न कहोगे कि तुम्हारे गुरु-जन मेरा और तुम्हारा सम्बन्ध अच्छी आँखों से नहीं देख सके। और तुम उनका प्रत्याख्यान नहीं कर सकते थे। ठीक है ! गुरुजन ! बाल्य-काल में जितनी सेवा-शुश्रूषा, प्यार-दुलार और आज्ञाकारिता तुम्हारी कर चुके हैं, उस सब का प्रति-दान चाहते हैं। और तुम ऋणी हो, उसे चुकाना पड़ेगा। मेरा तो तुमसे कुछ प्राप्य नहीं। झिड़की, मारपीट और चिढ़ाना यह सब जो था वह तो शैशव में ही मिल चुका था। फिर अब आदान-प्रदान कैसा ?

"इरा ! तुम मुझे कहने भी न दोगी ! तुम्हारे निरुद्देश्य होने पर मैं कहाँ-कहाँ भटकता हुआ यहाँ..."

"मुझसे मिले, मुझे बचाना चाहते हो। यह तुम्हारी अनुकम्पा है। परन्तु मेरे ऊपर मेरा भी कुछ ऋण है। मैंने भी अपने को, इतने दिनों से संसार से सार लेकर—भीख माँग कर—अनुग्रह से अनुरोध से जुटाकर कैसा कुछ खड़ा कर दिया है। उस मूर्ति को क्यों बिगाड़ूँ ? स्त्री के लिए, जब देखा कि स्वावलम्बन का उपाय कला के अतिरिक्त दूसरा नहीं; तब उसी का आश्रय लेकर जी रही हूँ। मुझे अपने में जीने दो।"

"किन्तु वह भी अब कहाँ ? तुम तो भिक्षुणी बनने जा रही हो, इरा !"

"देवता के सामने नाच चुकी, अब देखूँ अदेवता—अनात्म मुझे कौन नाच नचाता है। घबराओ मत अग्निमित्र, मैं कदाचित् तुम्हारे लिए अपने को प्रस्तुत

करती होऊँ; कह नहीं सकती। वह देखो, भिक्षुणियों का संघ आ रहा है। मुझे जाना होगा। तुमको इस समय के लिए इसे स्वीकार करना होगा।'' फिर उसने ध्यान से इन बातों को सुनने वाले ब्रह्मचारी को देख कर नमस्कार किया और कहा—''आर्य ! क्षमा कीजिए।''

ब्रह्मचारी ने धीरे-धीरे आकर अग्निमित्र का हाथ पकड़ लिया। अभी भी वह पूरी आँख नहीं खोलता था। उसकी आँखों से ज्वाला निकल कर बुझ जाती थी।

इरावती ने उन भिक्षुणियों के साथ प्रस्थान किया, जो दूर प्रांगण में उसकी प्रतीक्षा कर रही थीं।

* * *

इस घटना को बीते कई महीने हो गये। अग्निमित्र महाकाल-मन्दिर में ब्रह्मचारी के पास रहने लगा। और ब्रह्मचारी दिन-रात पुरानी बेठनों को खोल-कर पुस्तकों के पढ़ने में और कुछ लिखने में समय बिताने लगा। केवल सायं-प्रातः पूजन के समय गर्भगृह में दिखाई पड़ता।

शारदी पूर्णिमा थी। शिप्रा में छोटी-छोटी लहरें उठकर चाँदनी की झालर बना रही थीं। नागरिकों की छोटी-छोटी नावें जल-विहार के लिए स्वच्छन्द घूम रही थीं। उधर विहार के उपोसथागार में भिक्षु-संघ एकत्र था। और उसी से सटे चंक्रम पर भिक्षुणियाँ भी अपने विहार से आकर एकत्र हो रही थीं। उपो-सथागार में भिक्षु-संघ प्रवारणा कर रहा था। और बाहर चंक्रम पर भिक्षुणियों का छोटा-सा समूह प्रवारणा के लिए अपनी ओर से प्रतिनिधि भेजने का चुनाव कर रहा था। उत्पला विक्षुणी चुनी गई। उसकी श्रामणेरी नीला बारह बरस की एक निराश्रया बालिका थी। नीला चंक्रम के एक कोने पर खड़ी पूर्ण चन्द्रोदय देख रही थी। उसने सहसा घूमकर कहा—

''भगिनी इरा ! कैसी सुन्दर रात है।''

''मत कहो ऐसी बात श्रामणेरी नीला ! यह भावना सुख में मन को फँसाने वाली है।'' पास ही बैठी हुई एक भिक्षुणी ने कहा। इरा ने जैसे अब सुना। कुछ प्रत्याख्यान करने की इच्छा से उसने पूछा—''क्या कहा ?''

''रात्रि का सौन्दर्य, काम-भोग के लिये मन को उत्तेजित कर सकता है भगिनी। उसका वर्णन वर्जित है।''— भिक्षुणी ने कहा।

''वाह ! यह कौमुदी-महोत्सव ! और इसकी प्रशंसा भी न की जाय ! यह रात तो नाचने की है भगिनी ! तुम लोग अपने दोषों की ही गिनती कर रही हो। नहीं ! मैं निदोष ! इसी चाँदनी की तरह शुभ्र अपने जीवन की वन्दना

करती हूँ। मैं उसकी अभ्यर्थना में नाचूंगी।" इरा का कलापूर्ण हृदय उल्लसित हो रहा था। उसने नीली संघाटी का छोर फैलाया। वह अभी शिणमाणा ही थी। भिक्षुणी नहीं हुई थी। उपसम्पदा नहीं मिली थी। उसने नीला को अपना दर्शक बनाया और नक्षत्र विजड़ित क्षुद्र आकाश-खण्ड की तरह अपने को भूली हुई-सी नाचने लगी। भिक्षुणियों के दल में से एक कोलाहल का स्वर उठा और फिर शान्त हो गया। अद्भुत! उन विहार की प्राचीर में बन्द भिक्षुणियों को यह दृश्य, जीवन का यह उल्लसित रूप देखने को कहाँ मिला था। वे भी मूक होकर चकित-सी देखने लगीं। भिक्षुणी-संघ की प्रतिनिधि उत्पला जो प्रवारणा के लिए चुनी गई थी, उपोसथागार के द्वार की ओर मुँह किये सूत्र पाठ कर रही थी। वह प्रतीक्षा में थी कि भिक्षु-संघ की प्रवारणा हो जाने पर वह भी उपोसथागार में जाकर भिक्षुणी-संघ की ओर से प्रवारणा करे।

भिक्षु-संघ को प्रवारणा समाप्त हुई। प्रतिनिधि उपला उपोसथागार में जाकर खड़ी हुई। वह कहने लगा—"आर्यो! भिक्षुणी-संघ देखे, सुने और शंका किये हुए सभी दोषों के लिए भिक्षु-संघ के पास प्रवारणा करता है।" इतने में एक भिक्षुणी दौड़ती हुई उपोसथागार में पहुँची। "ऐसा कभी देखा नहीं गया—ऐसा कभी सुना नहीं गया"—उसने जैसे घबड़ा कर कहा। प्रवारणा रुक-सी गई।

"क्या है भगिनी?"—स्थविर ने पूछा।

"अद्भुत नृत्य!"

"नृत्य! और विहार में!!"

"यहीं चंक्रम पर, भन्ते!"

आश्चर्य और क्रोध से भरे हुए भिक्षुओं का दल बाहर आया। उन लोगों ने देखा सचमुच इरा नाच रही है। सौन्दर्य का उन्मुक्त उल्लास! उनका क्रोध, उनकी फटकार क्षण भर के लिए स्थगित हो रही। जैसे वे भी इस अद्भुत उन्माद को हृदयंगम कर लेना चाहते थे।

अकेली इरावती आँख मूँद कर नाच रही थी। चंक्रम के नीचे शिप्रा, ऊपर आकाश में चन्द्र, शिप्रा के कुंजों में स्निग्ध पवन सब स्तब्ध थे। स्थविर ने चिल्ला कर कहा—"बन्द करो।"

इरा विराम पर आ चुकी थी, उसने आँखें खोल दीं। और देखा कितनी आँखों की रोष-भरी दृष्टि उस पर पड़ रही थी। आज वह दूसरी बार नृत्य करने से रोकी गई थी। उसने अपने आहत अभिमान को बटोरते हुए कहा—"क्या?"

"तुमने यह आपत्तिजनक कर्म विहार में क्यों किया ? यह किसकी शिक्षमाणा है ? वह सामने आवे ।"—स्थविर ने गंभीरता से कहा ।

नीला इरावती से लिपट गई थी । भय और प्रेम से वह विह्वल थी ! एक भिक्षुणी ने स्थविर के समीप आकर प्रणाम किया । उसने कहा—"कई महीनों से वह नर्त्तकी प्रादेशिक महामात्य के आज्ञानुसार भिक्षुणी-संघ में रहती है । मेरे लिए क्या आज्ञा है ?"

स्थविर कुछ चिन्ता में पड़ गया । उसने धीरे से कहा—"वह स्वेच्छा से आई हुई नहीं है । तब तो राजकीय आज्ञा से भिक्षु-संघ भी परिचालित होगा । यह तो अनर्थ है ।"

"मैंने किया क्या ? मेरी समझ में तो यही आया कि मैं देवमन्दिर से छीन कर बौद्ध-विहार में भेज दी गई हूँ । यहीं पेट भरती हूँ, वस्त्र पहनती हूँ । यह दूसरी बात है कि मुझे ये सब अच्छे नहीं लगते, परन्तु इन सबका ऋण कैसे चुकाऊँगी । मेरे पास नृत्य को छोड़कर और है ही क्या ? आज इतने स्त्री-पुरुषों के समारोह में मैं तो अपना कर्तव्य समझ कर ही नृत्य कर रही थी । यह भी अपराध है, तब तो मुझे छुट्टी दीजिए ।"

स्थविर विमूढ़-सा खड़ा था । भिक्षु और भिक्षुणी-संघ उस राजहंसी-सी ग्रीवा-भंगिमा को आश्चर्य से देख रहा था । ठहर कर, तथागत का स्मरण करते हुए वृद्ध स्थविर ने कहा—"भिक्षुणी-संघ की प्रवारणा स्थगित की जाती है । भिक्षुणी-संघ अपने विहार में लौट जाय ।"

उत्पला के पीछे-पीछे भिक्षुणियाँ भिक्षुणी-विहार में चलीं; सबके पीछे इरावती थी । इरावती भिक्षुणी-विहार में जाकर भी अपनी कोठरी में नहीं गई ! इस निस्तन्द्र निशीथ में वह भौंचकी-सी चुपचाप शिप्रा-तट के ऊँचे चंक्रम पर जा खड़ी हुई । रात्रि का तृतीय पहर था और वह अपने जीवन के प्रथम प्रहर में थी । संसार नित्य यौवन और जरा के चक्र में घूमता है; परन्तु मानव-जीवन में तो एक ही बार यौवनोन्माद का प्रवेश होता है, जिसमें अनुबन्ध का प्रत्याख्यान और स्नेह का आलिंगन भरा रहता है । वह भिक्षुणियों की संतुष्ट चेष्टा को आश्चर्य से देख रही थी । सब धीरे-धीरे अपने स्थान पर जाकर सोने लगीं । हाँ, किसी-किसी को प्रवारणा स्थगित होने से इरावती पर झुंझलाहट भी थी । कोई यह भी सोच रही थी कि इसे भिक्षुणी-संघ में से प्रव्रजित करने का उपाय किया जाय । इरावती के प्रति उनकी अन्यमनस्कता ने यह अवसर न दिया कि कोई उससे यह पूछता कि 'क्या आज जागरण ही करेगी ?'

शिप्रा के तट पर पाट की वृक्षश्रेणी तारक-खचित नीले अम्बर की किनारी

की तरह बेलबूटों में चित्रित थी। शिप्रा की ओर मुँह किये इरावती उस शून्यता में अपने को मिलाती हुई भावना से ऊपर उठने का उद्योग कर रही थी; परन्तु व्यर्थ! उसका शून्य उसी तक सीमित नहीं रहा। धीरे-धीरे विस्तृत होकर चाँदनी से प्रभा, नदी से प्रवाह, विश्व में से मूर्तमत्ता निकाल फेंकने का प्रयास, उसी को सोचनेवाली बना कर हँस पड़ा।

नदी में जलकणों का प्रवाह शून्य है, उनका शीतल स्पर्श भ्रम है, पवन शरीर को स्पर्श करता है कि नहीं, इसका उसे ज्ञान नहीं। वह मूक शिलाखंड की तरह बैठी रही। रात की निस्तब्धता उसके हृदय की धड़कन को और स्पष्ट करने लगी। वह अब उसी का शब्द सुन रही थी। क्रमशः वह स्पष्ट हो रहा था। उसी को, जीवन देवता की आराधना का संगीत सा सुन रही थी। विश्व शून्य था।

फिर सहसा उसने देखा एक छोटी-सी नाव उसी से नीचे से चली जा रही है। तो जाय, उसे क्या! वह तो धड़कन गिन रही थी।

और नाव पर महाकाल के ब्रह्मचारी के सामने, दोनों हाथों से डाँड़ चलाता हुआ अग्निमित्र बैठा था।

ब्रह्मचारी ने कहा—"अग्निमित्र! अब मैं पर्यटन के लिए बाहर जाना चाहता हूँ। तुम महाकाल भगवान् की सेवा-पूजा करते रहोगे, ऐसा मेरा विश्वास है।"

डाँड़ चलाना बन्द करके अग्निमित्र ने कहा—"ऐसा क्यों गुरुदेव!"

"इसलिए कि मुझे अपनी आँखों से देखना होगा कि आर्यावर्त्त में कहीं पौरुष बच गया है! कहीं तेज किसी राख में छिपा तो नहीं है! इन कई महीनों में शास्त्रों का अध्ययन करके जो रहस्य मैं समझ पाया हूँ, उसका प्रचार करने के लिए कहीं क्षेत्र है कि नहीं! यदि न होगा तो मैं फिर लौट आऊँगा। इसीलिए आज इस अवन्ती का मौन सौन्दर्य, शिप्रा की श्यामल कछार देखने आया हूँ।"

अग्निमित्र चुप रहा। नाव धीरे-धीरे बह रही थी ब्रह्मचारी अपनी आँखों मे उकसाते हुए अग्निमित्र को देख रहा था। उत्तर की प्रतीक्षा थी।

"किन्तु क्या वह कोई नया रहस्य है भगवन्!"

"नहीं, है तो वह चिरन्तन! किन्तु अब जीर्ण हो चला है। नवीनता का उस पर आवरण चढ़ाना होगा। आर्य-धर्म का आरम्भिक उल्लासमय स्वरूप यद्यपि अभी एक बार ही नष्ट नहीं हो गया है, फिर भी उसे जगाना ही पड़ेगा। वह अलस, अवसादग्रस्त, अपनी कायरता के कारण त्विवेक का ढोंग करने लगा है। शिथिल, जैसे किसी को कुचल न देने का मिथ्या अभिनय करता लड़खड़ाता हुआ

जीवन-देवता को ही कुचल रहा है। मुझे ऐसा मालूम होता है कि प्राचीन आर्य वीर संस्कृति को लौटाने के लिए प्राचीन कर्मों को फिर से आरम्भ करना होगा, जिन्हें विवेक के अतिवाद के कारण मानवता के लिए हमने हानिकर समझ लिया था।''

''मैं नहीं समझ सका।''

''सर्वसाधारण आर्यों में अहिंसा, अनात्म और अनित्यता के नाम पर जो कायरता, विश्वास का अभाव और निराशा का प्रचार हो रहा है, उसके स्थान पर उत्साह, साहस और आत्म-विश्वास की प्रतिष्ठा करनी होगी।''

''हम सच ही निर्वीर्य हो रहे हैं।''

''हाँ! मैं इसीलिए प्रयत्न करूँगा कि इनकी वाणी शुद्ध, आत्मा निर्मल और शरीर स्वस्थ हो।''

किन्तु क्या प्रचलित शिष्ट आचारों को भी आप नष्ट कर देंगे? इस विवेक ने हमको बहुत-सी नई योजनाएँ दी हैं। नये विचारों का मानवता में समावेश हुआ है।''

''अग्निमित्र! अच्छा क्या है और बुरा क्या है? इसका निर्णय एकांगी दृष्टि से नहीं किया जा सकता। विष, चिकित्सक-द्वारा अमृत-कल्प हो जाता है। भगवान् की विराट् विभूति में से हम निस्संदिग्ध वस्तु का चुनाव नहीं कर सकते, उसकी मात्रा को समझ लेना ही हमारा पुरुषार्थ साधारण है। किन्तु एक दिव्य अति भाव है। वह है आत्मा की अग्नि! जिसमें अन्धकार इंधन बन कर जलता है। उस तेज में सब विशुद्ध, दिव्य और ग्राह्य हो जाते हैं। आनन्द की यही योजना अपनी विचार-पद्धति में ले आने की आवश्यकता है। भय से फैले हुए विवेक ने हमारी स्वाभाविकता का दमन कर लिया है। ऐसा मालूम होता है कि हम लोग प्रतिपद सशंक, भयभीत, निष्ठुरता से शासित प्राणी हैं। हम आत्मवान् हैं, हमारा भविष्य आशामय है, इस आर्य-भाव का प्रचार आवश्यक है। अभी उसी दिन महाकाल के मन्दिर में जो घटना हुई थी, वह क्या हमारी दुर्बलता का प्रमाण नहीं है! इरावती, जिस पर मन्दिर का सम्पूर्ण अधिकार था, छीन कर विहार को दे दी गई। यह क्या राज्य का अत्याचार नहीं। किसी ने कुछ कहा?''

''किन्तु आज मैं एक प्रश्न करूँगा देव! मैं जब उसे बचाने गया, तब आपने मुझे क्यों रोका? और वह मन्दिर में नाचती ही रहे, इसके पीछे कितना नैतिक समर्थन है आपको?''

''अग्नि! तुम उसे अत्याचार से बचाने गये थे, यह बात तो नहीं थी।

तुम्हारा उससे स्नेह था, वह तुम्हारा व्यक्तिगत स्वार्थ था। सार्वजनिक अन्याय समझ कर तुम उसका प्रतिकार नहीं कर रहे थे। और रही नैतिक समर्थन की बात; तो उपासना बाह्य आवरण है, उस विचार-निष्ठा का, जिसमें हमें विश्वास है। जिसकी दु:ख ज्वाला में मनुष्य व्याकुल हो जाता है, उस विश्व-चिता में मंगलमय नटराज नृत्य का अनुकरण, आनन्द की भावना, महाकाल की उपासना का बाह्य स्वरूप है। और साथ ही कला की, सौंदर्य की अभिवृद्धि है, जिससे हम बाह्य में, विश्व में, सौदर्य-भावना को सजीव रख सके हैं। परन्तु अब हमें फिर से इसके लिए बल और स्फूर्तिदायक प्राचीन आर्य क्रियाओं का पुनरुद्धार करना होगा। इस बौद्धिक दम्भ के अवसाद को आर्य जाति से हटाने के लिए आनन्द की प्रतिष्ठा करनी होगी। समझे!"

"किन्तु आर्य, मैं मन्दिर का पुजारी बन कर जीवित न रह सकूंगा! मुझे ऐसी आज्ञा न दीजिए।"

नाव फिर से लौट कर भिक्षुणी-विहार के समीप आ गई थी। और सूर्योदय का आरम्भ था। अग्निमित्र ने देखा कि इरावती ऊपर चंक्रम पर खड़ी है; ठीक बुझते हुए तारा की तरह! इरावती ने भी देखा। उसने पुकारा—

"अग्नि!"—

"इरा!"

"मैं तुम्हारे साथ चलना चाहती हूँ। उस दिन मैंने भूल की थी। ठहरो, नाव रोको।"

ब्रह्मचारी के चुप रहने से अग्निमित्र ने नाव को घाट की ओर बढ़ाया। किन्तु विहार में इरावती के पीछे कई भिक्षुणियों के साथ दो सैनिक भी दिखाई पड़े। एक सैनिक ने कहा—"इरावती! तुमको कुसुमपुर पहुँचा देने के लिए मैं आया हूँ। चलो!"

"क्यों?"

"सम्राट की आज्ञा है।"

"मैं नहीं जाऊँगी?"

"ऐसा नहीं हो सकता। तुमको चलना पड़ेगा।"

"मैंने क्या अपराध किया है?"

"यह हम लोग नहीं जानते, चलो"—कह कर वह सैनिक कुछ आगे बढ़ा। सहसा एक उन्माद नाच उठा। इरावती शिप्रा में कूद पड़ी और अग्निमित्र भी। एक क्षण में अग्नि की बलिष्ठ भुजाओं में इरावती जल के स्तर के ऊपर दिखलाई पड़ी। ब्रह्मचारी ने दोनों को नाव पर उठा लिया। ऊपर से सैनिकों ने

पुकार कर कहा—"नाव महिला-तीर्थ पर लगाओ।" ब्रह्मचारी ने नाव उसी ओर बढ़ाई। अग्निमित्र ने आश्चर्य से पूछा—"यह क्या आर्य !"

"बन्दी बन कर कुसुमपुर जाओ। मैं भी कुछ दिन के लिए उत्तराखण्ड जाता हूँ। मिलूंगा।"

बाहरी ऊँचे स्तम्भों के सहारे भीषण भाले लिए हुए प्रहरी मूर्ति-से खड़े थे। सीढ़ियों पर धनुर्धरों की पंक्ति, फिर नीचे विशाल प्रांगण में अश्वारोहियों के कई झुण्ड थे, जिनके खुले हुए खड्ग से प्रभात के आलोक में तीव्र प्रभा झलक रही थी। आज साम्राज्य-परिषद् का विशेष आयोजन था। मण्डप के भीतरी स्तम्भों से टिके हुए प्रतिहार स्वर्ण-दण्ड लिए खड़े थे; धनुर्धरों की पंक्ति में से खुली हुई राह से साम्राज्य के कुमारामात्य, बलाधिकृत दण्डनायक व्यावहारिक, सेना के महानायक लोग धीरे-धीरे सीढ़ी से चढ़कर मण्डप गर्भ में रक्खे हुए मंचों पर बैठ रहे थे। सबके मुख पर आतंक और व्याकुलता थी। स्वर्ण-जटित द्वार के समीप साम्राज्य का ऊँचा सिंहासन अभी खाली था।

एक साथ ही तूर्य, शंख पटह की मन्द ध्वनि से वह प्रदेश गूँज उठा। स्वर्ण-कपाट के दोनों ओर खड़े कवचधारी प्रहरियों ने स्वर्ण-निर्मित राज-चिह्न को ऊपर उठा लिया। द्वार खुल पड़ा। यवनियों का दल छोटे-छोटे चौड़ी धार वाले खड्ग हाथ में लिये निकला। एक परिक्रमा कर, उन्होंने राजसिंहासन के चारों ओर निर्दिष्ट स्थान पर अपना पैर जमाया। फिर छोटी बाँसुरी और डफली लिये मागधी नर्तकियों का दल सभा-मण्डप को नुपूर से गुंजारित करते हुए बायीं ओर जाकर खड़ा हो गया। फिर तो ताँता-सा लग गया। भृङ्गार, पटद्ग्रह, ताम्बूल-करण्डक, धूम्र-भाजन—जिसमें से अगुरु-कस्तूरी की भीनी महक निकल रही थी—लिये, रूप यौवनशालिनी अन्तःपुरिकाएँ, अनुचरियाँ सिंहासन के समीप आकर खड़ी हो गईं। कटिबन्ध के कृपाण और हाथों में त्रिशूल लिए कौशेय वसना युवतियों का अंग-रक्षक दल पीछे अर्द्ध चन्द्राकार बना रहा था। उनके आगे सम्राट् और राज-महिषी ने उसी द्वार से सभा में प्रवेश किया। सब लोग खड़े हो गये। तीव्र तूर्य-निनाद से दिशाएँ प्रतिध्वनित हो गईं। सम्राट् सिंहासन पर बैठे। महिषी ने अर्द्धआसन ग्रहण किया। अमात्य और सामन्तों ने वन्दना की। महारानी ने ताम्बूलवाहिनी की ओर संकेत किया। उसने ताम्बूल-करण्डक आगे बढ़ाया। महिषी ने अपने हाथ में लेकर सम्राट् के सम्मुख उसे उपस्थित किया। स्मित से महाराज ने ग्रहण किया। जय-जयकार से सभामण्डप गूंज कर शान्त मौन हो गया था। सम्राट् बृहस्पतिमित्र ने मन्द गंभीर स्वर से पूछा—"खारवेल का दूत कहाँ है ?"

सांधि विग्रहिक ने विनम्र होकर कहा—"जय हो देव ! वह तोरण पर आज्ञा की अपेक्षा कर रहा है ।"

"बुलाओ उसे !"

"सांधि विग्रहिक ने महादण्डनायक पुष्यमित्र से कहा—"तो महादण्डनायक उसको यहाँ उपस्थित करें ।"

महादण्डनायक पुष्यमित्र अपने मंच से उठकर सीढ़ियों पर आये । उनके संकेत से मालव अश्वारोहियों के दल का नायक घोड़ा बढ़ा कर सामने आया । उसने अपना खड्ग ऊँचा करके अभिवादन किया ।

"नायक ! तुम द्वितीय तोरण पर जाकर कलिंग राजदूत को शीघ्र लिवा लाओ ।" अश्वारोही नायक तोरण की ओर वेग से बढ़ा ।

पुष्यमित्र अभी खड़ा था । कुछ ही क्षणों में सामने के विशाल तोरण में दो अश्वारोही प्रवेश करते दिखाई पड़े । अश्वारोहियों के समीप उतरकर वे सोपान की ओर अग्रसर हुए ।

दूत ने सोपान के ऊपर खड़े महादण्डनायक को नमस्कार किया । पुष्यमित्र ने कलिंग-राजदूत को अपने साथ आने का संकेत किया । साम्राज्य-सिंहासन के समीप पहुँचकर राजदूत ने सम्राट् की वन्दना प्रणत हो कर की । उसके दोनों ओर पुष्यमित्र और नायक खड़े थे । राजदूत ने संकेत पाकर कहा—"महामेधवान त्रिकलिंगाधिपति चक्रवर्ती खारवेल..." अभी वह इतना ही कह पाया था कि समीप के मंचों से प्रतिवाद का स्वर-सा उठा । सम्राट् ने तीव्र दृष्टिपात किया । प्रतिकूल शब्द चुप हुए । सम्राट् ने ही कहा—"हाँ, तो खारवेल ने क्या कहा है ?"

"स्वर्ण की जिनमूर्ति, जो कलिंग की पूज्य प्रतिमा है, जिसे स्वर्गीय सम्राट् अशोक ले आये थे, उसके लिए मन्दिर का निर्माण हो चुका है । प्रतिमा को देने की कृपा अब होनी चाहिए सम्राट् ।"—दूत ने बिना विशेष शिष्टाचार दिखलाये कह डाला । वह विनीत था, किन्तु मगध राज-सभा को देखकर उसके मन में क्षोभ-सा उत्पन्न हो गया था ; कुछ-कुछ टोके जाने के कारण रोष भी ।

"दूत ! तुम्हारा चक्रवर्ती खारवेल इस समय कहाँ है ?"

"सम्राट् ! दक्षिणापथ विजय कर लेने के बाद चक्रवर्ती उत्तरी सीमान्त के विजय-स्कंधावार में स्थित हैं ।"

सम्राट् की भवें कुछ तनीं, नथुने फड़के और तनिक सँभल कर बैठ गये । बोल—"तो यह खारवेल की प्रार्थना है या और कुछ ?"

"और कुछ तो नहीं देव ! प्रार्थना ही समझी जाय।" चतुर दूत ने उत्तर दिया। धर्म-कार्य में श्रीमान् की यह सहायता बहुमूल्य होगी।

"हाँ ऐसा तो मैं समझता हूँ कि खारवेल को स्वर्ण की आवश्यकता नहीं, किन्तु मूर्त्ति की ही होगी। अच्छा तुम्हें इसका उत्तर मिलेगा। जाओ, विश्राम करो।" सविनय नमस्कार करके दूत नायक के साथ चला गया। सभा एक क्षण तक मौन रही।

वृद्ध सेनापति ने सांधि विग्रहिक से पूछा—"क्या सैन्य की आवश्यकता होगी ?"

"होगी भी तो सैन्य प्रस्तुत है कहाँ ?"—धीरे से सांधि विग्रहिक ने कहा। चिन्तित सम्राट् ने भी यह फसफसाहट सुनी और कहा—

"हूँ"

"जय हो देव ! क्या आज्ञा है ?" सेनापति ने पूछा। किन्तु सम्राट् ने सांधि विग्रहिक की ओर देख कर कहा—"यह तो स्पष्ट ही छेड़छाड़ है।"

"क्या सैन्य प्रस्तुत होना चाहिए ? यह तो परम भट्टारक ने यथार्थ ही सोचा है।"

"देवगुप्त ! मृद्‌गगिरि में कितने गुल्म हैं ?"

"एक सौ गुल्म देव !" देवगुप्त ने कहा।

"वहाँ से खारवेल का स्कन्धावार कितने योजन पर है ? किन्तु इससे क्या, आधी सेना रोहिताश्व दुर्ग में पहुँचनी चाहिए शीघ्र। कौन सेना को लेकर शीघ्र पहुँचने का भार लेता है ?"

"जिसको आज्ञा हो ! परम भट्टारक प्रसन्न हों तो मैं ही जाऊँ। किन्तु एक निवेदन है, बिना गज-सेना के वहाँ की रक्षा दृढ़ न होगी।" वृद्ध बलाधिकृत ने कहा।

महानायक के मुख पर कुछ स्मित की रेखाएँ बन-बिगड़ रही थीं। किन्तु उसके बोले बिना काम नहीं चलता था। पुष्यमित्र ने छोटा-सा खड्‌ग निकाल कर शिर से लगाया। सम्राट् ने पूछा, "तुम कुछ कहना चाहते हो क्या ?"

"हाँ देव !"

"क्या ?"

"कुसुमपुरी की आधी गज-सेना भेजी जा सकती है, अधिक नहीं; क्योंकि शोण के तट की भी..."

"किन्तु जाता कौन है ?"

"यह तो परम भट्टारक ही कह सकते हैं।"

"पुष्यमित्र ! तुमने उस दिन प्रार्थना की थी कि अग्निमित्र का कोई अपराध नहीं। उसने तो नदी में कूद कर भागने वाली उस देवदासी को पकड़ ही लिया था।" सम्राट् ने कहा।

"परम भट्टारक ! और यह उसकी मनुष्यता की पुकार थी। वह कुछ मनस्वी तो अवश्य है, परन्तु मालवसेना प्रतिनिधि वीर हैं। मैंने स्वयं उसे रण-शिक्षा दी है; केवल उसकी मनस्विता के कारण ही राजभृत्य बनने से उसे वर्जित कर दिया है।" पुष्यमित्र ने सविनय कहा।

"उसे यहाँ उपस्थित करो।" सम्राट् की आज्ञा मिलते ही महानायक पुष्यमित्र ने प्रस्थान किया। एक अधीन कर्मचारी को मुद्रा देकर कुछ आदेश दिया और स्वयं उसी सोपान पर खड़े रहे। उनकी व्यग्रता छिपने में असमर्थ थी। वे टहलने लगे।

लौह-शृंखला से जकड़ा हुआ अग्निमित्र सोपान पर चढ़ रहा था। सामने राजभृत्य पिता ! एक शब्द भी मेरे पक्ष में कहने के लिए जिन्होंने मुँह नहीं खोला था। फिर भी ऊपर खड़े महानायक पुष्यमित्र को उसने सिर झुकाया। पुष्यमित्र केवल धीरे से इतना ही बोले—"सावधान ! उत्तेजित न होना।"

आगे दण्डनायक पिता, पीछे बन्दी पुत्र—दोनों सम्राट् के सिंहासन के समीप पहुँचे। अग्निमित्र सिर झुकाये खड़ा रहा ! कुसुमपुर की राज-परिषद् उसने आज पहले ही देखी।

"अग्निमित्र !"

"सम्राट् !" उसने चौंककर देखा। वही मन्दिर में इरावती के नृत्य पर प्रतिबन्ध लगाने वाला। उसे भिक्षुणी बनाने की आज्ञा देने वाला कुमारामात्य नामधारी आज साम्राज्य के सिंहासन पर आसीन है।

"तुम अपना अपराध स्वीकार करते हो ?"

"नहीं।"—उसका संक्षिप्त उत्तर था।

"तो तुमने राजबन्दी को छीनने का प्रयत्न नहीं किया ?"

"ऐसी करने की इच्छा थी। किन्तु सम्राट् के सामने ही मन्दिर में जब वह बन्दी बनाई जा रही थी तभी ! किन्तु किया नहीं, कर भी नहीं सका। और वह तो तो आकस्मिक घटना थी। एक स्त्री जल में गिर पड़ी है और मैं नाव पर उसी के समीप हूँ। तब मालवों की, प्रधानतः शुंगवंश की मनुष्यता क्या इतनी गिर गई है कि मैं उसे डूब कर मर जाने देता। नहीं सम्राट् ! मुझसे यह नहीं हो सकता था। यदि यही मेरा अपराध है, तो मुझे दण्ड दीजिए।"

सम्राट् ने हँस कर पुष्यमित्र की ओर देखा। जैसे पूछ रहे थे कि क्या कहते हो ? इसकी प्रगल्भता देख ली न। किन्तु सहसा उसी की ओर मुड़कर सम्राट् ने कहा—

"तो क्या सचमुच तुम्हारी रसना की तरह ही तुम्हारी तलवार भी चलती है। यह मैं मान लूँ कि अपने पिता के समान ही तुम पराक्रमी भी हो ?"

"सम्राट् ! इसकी परीक्षा ले लें। मनुष्य, व्याघ्र चाहे जिससे द्वन्द्व करा कर मेरा पुरुषार्थ देख लिया जाय।"

"नहीं-नहीं, मनुष्य और व्याघ्र से लड़ाना मैं नहीं चाहता। क्यों न तुम हाथी से लड़ा दिये जाओ।" सम्राट् के बरसों के आचरण से परिषद् के बहुत-से लोगों की यह धारणा थी कि वह कुछ-कुछ झक्की और अव्यवस्थित चित्त के असंयमी व्यक्ति हैं। अग्निमित्र ने समझा यह प्राण लेने पर तुला है। निश्चय यह संदेह करता है इरावती के साथ मेरे स्नेह होने का। तब मैं भी क्यों न समझूँ कि सम्राट् भी मनुष्य हैं, और वह इरावती के प्रति आकर्षित हैं।

सम्राट् ने सव्यंग्य स्मिति के साथ कहा—"बस हो चुका न ! अब तो बोलते भी नहीं।"

"मैं प्रस्तुत हूँ।"

पुष्यमित्र कुछ कहने के लिए मुंह खोल रहे थे कि सम्राट् ने कहा—"महा-दण्डनायक ! पार्श्वनाथ गिरि पर एक हाथी है, उसी से लड़ने अग्निमित्र को जाना होगा। मैं महामेघ नामक हाथी पर सवार होने वाले खारवेल को भी एक हाथी ही समझता हूँ।" इस व्यंग्य विनोद पर परिषद् प्रफुल्ल हो उठी। सम्राट् कभी, जब इस तरह की खुली परिषद् होती, तभी कोई-न-कोई ऐसा विनोद करते। और उसकी चर्चा साम्राज्य भर में फैलती। परिहास की उनमें अच्छी शक्ति है, इसे तो उस काल के नागरिक मानने लगे थे।

महिषी ने हँस कर पान बढ़ाया। चामरधारिणी युवतियों की कलाई-नृत्य करने लगीं, परिषद् में उत्साह फैल गया था। अग्निमित्र की श्रृंखलाएँ खुल गयीं। सम्राट् ने उसे बुलाकर खड्ग प्रदान किया। एक स्वर से सभा कह उठी—"परम भट्टारक राजाधिराज बृहस्पतिमित्र की जय !"

सांधि विग्रहिक फिर आया। बृहस्पतिमित्र ने पूछा—"क्या है ?"

"देव ! एक और भी चिन्ताजनक समाचार है। गान्धार से दिमित्र यवन पंचनद की ओर बढ़ रहा है। संभवतः उसकी इच्छा गंगा पार करने की है। उसने नियमित कर भेजना तो बहुत दिन से बंद कर रक्खा है, अब यवनों की इच्छा कुछ दूसरी ही है।"—महासांधि विग्रहिक ने विनम्र होकर कहा।

सम्राट् कुछ चिन्तित हुए। उन्होंने महाबलाधिकृत को बुला कर कहा—"आप कालिंजर और गोपाद्रि के अश्वारोही गुल्मों को लेकर आगे बढ़ें। यवनों को शिक्षा देनी होगी।"

वृद्ध सेनापति से अब न रहा गया। उसने अञ्जलिबद्ध होकर कहा—"जैसी आज्ञा हो देव! किन्तु एक प्रार्थना मेरी भी सुन लीजिए। सैनिकों में असंतोष है। उनके लिए महामात्य के कोष में द्रव्य नहीं। वे बराबर धर्ममहामात्र की आवश्यकताओं से छुट्टी नहीं पाते। विहारों में दिये जाने वाले राजानुग्रह अपरिमाण हो रहे हैं। युद्ध-काल में मौर्य-साम्राज्य की नीति को सेना को ही देवता मानती रही है। किन्तु अब तो वे जैसे आवश्यक अंग न हो कर शोभा-मात्र रह गये हैं। फिर भी मैं तो जाता हूँ। सेना के लिए आवश्यक वस्तु और उसके समय पर पहुँचने का प्रबंध सम्राट् स्वयं न देखेंगे तो बहुत दिनों से चुपचाप बैठी हुई अनभ्यस्त सेना कुछ कर सकेगी कि नहीं, इसमें संदेह है।"

"क्यों सेना कुछ न कर सकेगी ?"—सम्राट् ने रोष से पूछा।

"सम्राट्! धर्म-विजय के सामने शस्त्र-विजय को गौण बनाते रहने का यह अवश्यम्भावी फल है। आज की सेना में कहीं लड़े हुए सैनिकों का अभाव है। जलौक के द्वारा पंचनद का प्रदेश साम्राज्य से अलग कर लेने के बाद भी मगध की आँख नहीं खुली। प्रांत सुरक्षित मान लिये गये। आज वही प्रांत यवनों के हाथ में पड़ गया है। फिर कान्यकुब्ज पर आक्रमण होते कितना विलम्ब है ? मैं तो कान्यकुब्ज की रक्षा के लिए प्रस्थान करता हूँ; किन्तु एक बात कहे जाता हूँ कि मगध के दक्षिणी प्रान्त दुर्ग रोहिताश्व, मुद्गगिरि और शोण के सम्पूर्ण तट की भी रक्षा आवश्यक है।

सम्राट् को जैसे थप्पड़-सा लगा। वह अपनी स्थिति को समझ गये। आज मगध, यवनों और खारवेल के बीच में तो है ही, आन्ध्र और विदर्भ ने भी सिर उठाया तो! फिर भी साहस से कहा—"मगध का सिंह इस महामेघवाहन हाथी को तो साध ही लेगा। आप कान्यकुब्ज की रक्षा कीजिए।"

सूतों, मागधों ने स्तुतिपाठ किया। सभा विसर्जित हुई। महानायक पुष्यमित्र सबके चले जाने पर भी रुके रहे। अग्निमित्र से उन्होंने कहा—"दक्षिण को सँभालना तुम्हारा काम है। देखो यह अवसर हाथ से न जाने देना।"

"तात! मैं अभी युद्ध करना नहीं चाहता। मुझे तो उचित यही जान पड़ता है कि मैं दक्षिण के प्रान्त दुर्गों का संगठन कर लूँ, तब तक क्या आप सम्राट् से कोई कोमल उत्तर खारवेल के पास भेजने का उपाय नहीं करेंगे ?

इधर बराबर आन्ध्र, कलिंग और विदर्भ की राजनीति का अध्ययन करता

रहा हूँ। इनके गुप्तचरों से भी मिलता रहा हूँ। किन्तु पार्श्वनाथ गिरि पर धर्म के नाम से जो अधिकार खारवेल ने कर लिया है, वह आगे चल कर क्या रंग लायेगा, नहीं कहा जा सकता। अभी तो वह मित्रता का ही रूप दिखला रहा है, किन्तु स्वार्थ में बाधा पड़ते ही युद्ध की घोषणा अनिवार्य है। इसलिए खारवेल को..."

"अच्छा तो तुमने प्रवास के कई बरसों में यह काम अच्छा ही किया। यद्यपि हम लोगों का विश्वास था कि तुम केवल उस अज्ञातकुलशीला प्रतिवेशिनी की सुन्दरी बालिका के पीछे ही भटक रहे हो।"

"तात! क्षमा कीजिये। वही तो यह इरावती है जिसे सम्राट् ने भिक्षुणी बनने के लिए कुक्कुटाराम में भेज दिया है।"

"मूर्ख बालक! क्या अभी भी वह तुम्हारे दृष्टिपथ से अलग नहीं है? जाओ, कर्तव्य तुम्हारे सामने है।"—कहकर पुष्यमित्र ने मुँह फेर लिया। और अग्निमित्र धीरे-धीरे तोरण की ओर अग्रसर हुआ। तब भी उसके मन में एक बार इरावती को देख लेने की इच्छा थी। इश युद्ध से कदाचित् उसे न लौटना हो। अग्निमित्र मातृ-विहीन युवक था। पिता सैनिक, राज-अनुग्रह का अभिलाषी। इरावती की आशा उसने अभी भी छोड़ी न थी; किन्तु भिक्षुणी-विहार की प्राचीरों में से इरावती का उद्धार करना कठिन था। इसी उधेड़-बुन में कब वह गंगा-तट के प्राचीन शिवमन्दिर के समीप आ पहुँचा, उसे ज्ञान नहीं। उसने निश्चय किया कि यहाँ एकान्त है, मैं कुछ काल तक यहीं बैठ कर अपने मन को परख लूँ! आगे क्या करना होगा, इस पर भी विचार कर लूँ।

दोपहर का सूर्य अपनी प्रखर किरणमाला से गंगा का जल उद्दीप्त करता था। उस पर आँख नहीं ठहरती थी, जो मन्दिर के सभा-मण्डप में खम्भे के सहारे वह टिका हुआ विचार-निमग्न था। कुछ-कुछ तन्द्रा-सी आ चली थी। भोजन न करने की शिथिलता भी शरीर को अवसन्न कर रही थी। सहसा कुछ शब्द सुनाई पड़ा। वह जैसे सचेत होकर सुनने लगा। शब्द समीप के ही एक जीर्ण गृह से आ रहा था, जो सम्भवतः मन्दिर के पुजारी के लिए किसी काल में बना था।

"तो तुम मर भी जाओगे पर बताओगे नहीं। हे भगवान्! फिर मैं क्या करूँगी?" किसी स्त्री का रोष और धमकी से भरा सानुनासिक शब्द सुनाई पड़ा।

"उसे जान कर तुम क्या करोगी। वह मेरा कुलपरम्परागत गुप्त रहस्य है। ताम्रपत्र...नन्दराज का...नहीं वह स्त्री को कभी भी नहीं बताया जा सकता।

शपथ है, उसे बता कर मैं विश्वासघात नहीं कर सकता।" फिर उसे खाँसी आने लगी, वह चुप हो गया।

'तो मरो! छाती पर लाद कर लिये जाओ।" कहती हुई झनक कर वह बाहर आ गई। वह सचमुच सुन्दरी थी, परन्तु दुर्बल अंग जैसे अपने बोझ में व्यस्त था। लड़खड़ाती हुई वह द्वार पर बैठ गई। उसने खम्भे की आड़ में बैठे हुए अग्निमित्र को नहीं देखा। भीतर से किसी ने करुण स्वर में पुकारा—"कालिन्दी, जल दो, प्यास लगी है।"

कालिन्दी अपनी उँगलियों को चटकाती हुई बोली—"मरो।" अग्निमित्र से स्त्री की यह कठोरता नहीं देखी गई। बह बोला—

"शुभे! क्या तुम्हारे पति बीमार हैं?"

"पति! नहीं भद्र! मैं तो यहाँ की परिचारिका हूँ। मन्दिर के राग-भोग और परिष्कार का काम करती हूँ। यह पूजारी!..." अब उसने अग्निमित्र की ओर देखा। वह प्राणसार शरीर! वह कलापूर्ण सुन्दर दुर्बल मुख! लम्बा युवक! कदाचित् निस्संबल, निराश्रय! कालिन्दी के मन में आया 'क्या इसका सहयोग प्राप्त हो सकता है।' सहानुभूति से उसने पूछा—"क्या मैं आपकी कोई सेवा कर सकती हूँ?"

"मुझे भी प्यास लगी है। पुजारी के समान मर तो न जाऊँगा, क्योंकि सामने गंगा बह रही हैं।"

"तब भी कुछ खाकर जल पीजिए। प्रसाद कुछ ले आऊँ?"—कालिन्दी ने आत्मीयता दिखाते हुए कहा।

"जैसी तुम्हारी इच्छा। किन्तु पहले पुजारी को जल पिला दो, सम्भवतः उससे तुम कुछ जानना या लेना चाहती हो न!"—अग्निमित्र ने भी मित्रता का आदेश दिया।

कालिन्दी भीतर गई। अग्निमित्र की बात मान कर उसने पुजारी को जल पिलाया और एक मोदक और जलपात्र लेकर बाहर आई। अग्निमित्र को प्रवास में ऐसे बहुत-से अवसर मिले थे, उनका उसने सदुपयोग भी किया था। उसने मुस्कुराकर वह आतिथ्य ग्रहण किया। उसका शरीर और मस्तिष्क कुछ स्थिर हुआ।

कालिन्दी घबरा रही थी; उसका सन्देश बढ़ रहा था। पुजारी बचेगा नहीं। उसे पूर्ण विश्वास था। उसने अग्निमित्र से कहा—"क्या आप पुजारी जी को चल कर देख लेंगे?"

"चलो"—कह कर कालिन्दी के पीछे अग्निमित्र उस जीर्ण गृह में घुसा।

पुजारी सचमुच मरणासन्न था। उसके श्वास का वेग बढ़ रहा था। उसने स्थिर दृष्टि से अग्निमित्र को देखा। उस दृष्टि में जिज्ञासा थी।

अग्निमित्र ने पूछा—"कहिए, मैं आपकी क्या सेवा करूँ ?"

"तुम विदेशी हो ! मगध के तो नहीं जान पड़ते !" उसने ठहरकर पूछा।

"हाँ, मैं विदिशा का रहने वाला हूँ।"

"तब ठीक है, तुम समय पर आ गये। गंगाधर भगवान् की शपथ लेकर तुम प्रतिश्रुत होंगे ?"

"क्यों ?"

"एक रहस्य को जानकर उसे गुप्त करने के लिए। मैं मर रहा हूँ। उसे अब दूसरे को बता देना आवश्यक है। आज अमावस्या है न ? बस ठीक है, समय हो चला है।"—मरते हुए ने साहस संकलित करके कहा।

"किन्तु आप अपनी इस परिचारिका कालिन्दी को ही क्यों न बता दें। मैं यहाँ रहा न रहा; क्या ठिकाना !"—अग्निमित्र के इस कहने पर कालिन्दी प्रसन्न हो रही थी।

"नहीं, स्त्री को वह रहस्य बताया नहीं जा सकता, निषेध है। फिर तो रही जायगा।"—पुजारी के स्वर में निराशा थी। वह श्वास खींचने लगा। अग्निमित्र ने कालिन्दी की ओर देखा, उसने भी जैसे स्वीकार कर लिया कि अग्निमित्र को ही वह भेद किसी प्रकार जान लेना चाहिए। वह आँखों से ही संकेत करके हट गई। अग्निमित्र पुजारी के पास जाकर बैठ गया। पुजारी ने कहा—

"शपथ लो।"

"मैं शपथपूर्वक कहता हूँ कि वह रहस्य मैं किसी को नहीं बताऊँगा।" अग्निमित्र ने कहा।

"हाँ, तो सुनो ! यह लो ताम्रपत्र !"—पुजारी ने सिरहाने से एक छोटा-सा ताम्रपत्र निकाल कर दिया और कहने लगा—"मैं घड़ी भर में इस लोक को छोड़ दूँगा, भगवान् के प्रथम गणों में चला जाऊँगा। किन्तु यह ताम्रपत्र उस विश्व-विश्रुत नन्दराज की निधि की कुंजी है, जिसके सम्बन्ध में लोग कहते ही हैं, जानते नहीं। प्रधान निधि तो नहीं, तुम्हें आवश्यकता के लिए बाहरी छोटी सी निधि मिलेगी। उसमें से अपने व्यय के लिए और जब चाहे आवश्यकता-मात्र देव-सेवा के लिए ले सकते हो। नन्दी के सामनें एक काला पत्थर है, जिस पर षट्कोण आकृति है, बीच में बिन्दु पर अँगूठा रखने से काम चल जायगा।" —श्वास बढ़ने लगा। पुजारी रुक गया।

अग्निमित्र कुछ और पूछना चाहता था; परन्तु पुजारी ने कुछ स्वर्णमुद्राओं की एक थैली उसे दी और ठहर कर कहा—"अब कुछ मत पूछो। समय आने पर तुम्हें इसी ताम्रपत्र से सब मालूम हो जायगा। हाँ, मेरा दाह-कर्म इसी स्त्री से करा देना।" वह चुप हो गया। अग्निमित्र बाहर आया। उसने देखा—कालिन्दी पत्थर के खम्भे से टिकी चुपचाप खड़ी है। वह विश्वस्त-सी जान पड़ती थी। उसने चौंककर अग्निमित्र से प्रश्न किया—"बताया उसने?"

"हाँ, परन्तु नहीं के बराबर! किन्तु यह तो बताओ वह मर रहा है। जलाने के लिए लकड़ी यहाँ से कितनी दूर पर मिलेगी?"

"उसकी चिन्ता मत कीजिए। उधर पीछे बहुत-सी सूखी लकड़ी वह इकट्ठी कर गया है। कृपण था न! तो मैं उसे एक बार देख आऊँ?" —कह कर वह भीतर चली गई और अग्निमित्र उधर जाकर देखता है गंगातट पर ही चिता की तरह चुनी हुई लकड़ियों का ढेर पड़ा है। वह निश्चित आकर शिवालय पर बैठ गया।

कुछ क्षण बीते होंगे, कालिन्दी ने बाहर आकर कहा—"पुजारी का शरीरान्त हो गया।"—अग्निमित्र ने कालिन्दी के साथ यथाविधि उसका शव-संस्कार किया। समीप ही वह चुपचाप बैठा रहा, जब तक चिता जल न गई। फिर स्नान करके जब वह गंगा से ऊपर आया, तब देखा कि सूर्य अस्ताचल को जा ही रहे हैं।

अग्निमित्र ने कालिन्दी के हाथ में स्वर्ण-मुद्रा की थैली देते हुए कहा—"यह लो, इनमें से आवश्यकतानुसार व्यय करना। एक ब्राह्मण को यहाँ और रख लेना। मैं फिर आऊँगा। तुम उद्विग्न होकर यह स्थान मत छोड़ देना।"

स्वर्ण से बढ़कर संसार में दूसरा कौन-सा धैर्य देने वाला है। कालिन्दी संतुष्ट थी। अग्निमित्र देवता को प्रणाम कर चला गया।

कुक्कुटाराम के भिक्षुणी-विहार के प्राचीर से सटे हुए एक लम्बे चंक्रम पर, द्वार के भीतर से तीन भिक्षुणियाँ बाहर आ रही हैं। सूर्यास्त हो चला है। हलका अन्धकार फैलना ही चाहता है। उनमें आगे है इरावती, उसके साथ सम्भवत: दो नई शिक्षमाणा हैं। इरावती ने पूछा—"तुम लोग कितनी दूर चलोगी? अच्छा होता कि यहीं चंक्रम पर बाहर का वायु सेवन कर लो।"

"आर्ये! जैसी आप आज्ञा दें।"—एक ने कहा। फिर तीनों धीरे-धीरे टहलने लगीं। शहसा इरावती ने उन्हें सतर्क भाव से देखते हुए कहा—"न-न-न ऐसे चलने से तुम्हारे सुगठित अंगों का प्रदर्शन होता है। सिर नीचा कर; सिर झुकाकर हाँ,...देखो मैं किस तरह चल रही हूँ।"

दूसरी जो अब तक न बोली थी, खड़ी होकर मुसक्याने लगी। इरावती ने पूछा—"इस तरह हंसने का अर्थ?"

"भगिनी! हम लोग तुम्हें आर्या कह रही हैं, कदाचित् तुम इसीलिए अपने सुगठित अंगों को देख नहीं पाती हो। वृद्धा समझने लगी हो अपने को न!" —उसने कहा, फिर भी स्मिति में कमी न थी। इरावती उसके हँसोड़पन को जानती थी; किन्तु जैसे अपनी स्वचेतना खोती हुई वह बोली—

"यह लो, तुम्हारा मन अभी दुःख की भावना से बहुत दूर है। इस क्षण-भंगुर शरीर पर सुख भावना! भला तुमको धर्मलाभ कैसे होगा! तुम मेरी हँसी उड़ाती हो। फिर मैं विनय की शिक्षा तुमको क्या दे सकती हूँ।" इरावती को सन्देह हुआ कोई व्यक्ति बकुल की अंधकार-छाया में चला गया है। वह चुप हो रही; किन्तु साथ की दोनों ने उसे उकसा कर बुलवाना ही चाहा। एक ने कहा—

"तो आर्या! यहीं बैठकर कुछ बातचीत न करें"—इतना कहती हुई वह ढिठाई से बैठ ही गई। और इरावती अभी दूसरी के भगिनी संबोधन पर मन-ही मन विरोध कर रही थी। प्रतिवाद करना विनय की रक्षा के लिए आवश्यक था।। फिर उसने मन को रोका—नहीं, अभी लड़कियाँ हैं—तो क्या वह सच ही भिक्षुणी हो गई हैं? एक सीमा—बाला हो जाने के समीप से युवती होने का

जहाँ प्रारम्भ होता है—वहीं तक तो वह भी है। 'आर्या' नहीं हो सकती, कहने के लिए चाहे जो कह लें।

दूसरी ने उसके विचारों को बिखराते हुए कहा—"क्यों—आर्या! इतना शासन मनुष्यता के अनुकूल है? शील और संयम की कहीं सीमा भी है?"

इरावती ने मन-ही-मन कहा—'नहीं' परन्तु प्रकट में उसने कहा—"क्यों नहीं; हमारे दुःखों का अन्त नहीं, अभावों से छुटकारा नहीं; फिर तो हमें बुद्धि के आधार पर बीच में से मार्ग निकालना है। काम-गुणों से बचकर मन को आकांक्षा की लहरों से दूर ले जाना होगा। जहाँ ये सब छू न सकें।"

मैं समझ गई। जब अपने कर्मों का फल ही भोगना है, तब कर्म छोड़ देने के अतिरिक्त दूसरा उपाय नहीं।" —पहली ने व्यंग से कहा।

इरावती झंझट में पड़ गई थी। वह तो फिर से सोचने लगी थो—"महाकाल का मन्दिर, नहीं...उसके भी पहले वेत्रवती का किनारा, जहाँ वह माता का दाहकर्म करने के बाद अकेली शरद् की संध्या में बैठी थी। और अग्निमित्र आया...हाँ, उसने कहा—"इरा! तुम व्याकुल न होना। मैं हूँ न! तुमको चिन्ता किस बात की। किन्तु...फिर न जाने क्या हुआ, कुछ ही दिनों में उसका आना-जाना बन्द हो गया। सुनने में आया कि वह घर से लड़कर परदेश चला गया। और मैं निरुपाय वहाँ से चल पड़ी। मुझे अवलम्ब था, इतना ही तो नहीं, उनकी आँखों से चुम्बक की-सी स्नेहमयी ज्वाला निकलती थी। वह विदिशा का कुलपुत्र था। और मैं पंथ की भिखारिणी!...महाकाल मन्दिर में फिर भेंट हुई। परन्तु..."

एक ने फिर टोक दिया। "क्यों भगिनी! क्या सोच रही हो? बीती हुई बातें! क्या उनसे मन का रहस्य है कुछ?"

इरावती अपने को भूल-सी गई थी। उसने कहा—"हाँ, कुछ तो था ही। जैसे जीवन का एक छोटा-सा सूत्र!"

"तो क्या अब उसी की प्रतिक्रिया हो रही है? तुम भी भगिनी भूल कर गई हो। जानबूझ कर भी अपने को नही पहचानना चाहती हो, प्रायः यही तो सब करते हैं। मैं भी, तुम भी, देखो न भीतर ही भीतर, कितना खिल रही है।" उसका स्वर हँसने का-सा हो रहा था। किन्तु इरावती को क्रोध आने लगा था। इन छोकड़ियों ने आज यह क्या कर डाला! उसने दृढ़ता से कहा—

"मैंने बलपूर्वक अपने हृदय से उन कोमल अनुभूतियों को निकाल दूँगी। काम-सुखों की स्मृतियों को कड़ी-से-कड़ी फटकार दूँगी। प्रयत्न करूँगी! भगिनी! तुम भी ऐसा ही करो।"

उसने फिर से आर्या सम्बोधन किया, इरावती को झटका लगा। पर वह तो कहती ही चली गई। —''समय के बन्ध के पीछे काम-सुख का महान् जलसंघात रुका है।''

''रुकने दो, सूखने दो, हिम-शिला की तरह कठोर शीतल ! मैं चलो खड़ी हो रही हूँ। सुख के आश्रय मन को ही नष्ट कर दूँगी। मानसिक सुख के उल्लास में मग्न होकर किसी को हँसने न दूँगी, और न हँसना चाहूँगी। चलो, उठो अंधकार हो रहा है। विहार में भीतर चलो।''—इरावती उठकर खड़ी हो गई।

अंधकार की छाया में से अग्निमित्र नीचे आकर खड़ा हो गया। उसने कहा—''इरा !''

''तुम क्या बन्दीगृह से छूट गये ?''

''हाँ, छूट गया, अब मरने जा रहा हूँ।''

''कहाँ ?''

''दक्षिण के युद्ध में नायक बनकर।''

''अच्छी बात है; किन्तु युद्ध-चर्चा, अहिंसा की पुजारिनी से करना अपराध है। इसलिए अग्निमित्र ! तुम यश और कीर्ति के लिए जाओ और आओ भगिनियो ! हम लोग चलें।''—इरावती भीतर चली गई, पीछे-पीछे साथ की भिक्षुणियाँ भी। द्वार बन्द हो गया।

अग्निमित्र हत-चेतन कुछ समय तक वहीं खड़ा रहा। फिर धीरे-धीरे नगर-द्वार की ओर चल पड़ा। उसी से सटा हुआ महानायक पुष्यमित्र का विशाल उद्यानगृह था। जब चौतरे के समीप मुचकुन्द की छाया में वह पहुँचा तो उसे मालूम हुआ कि महानायक कुछ आवश्यक कार्य में व्यस्त हैं। प्रहरी ने ऊँचे स्तम्भों के पार्श्व से ही उन्हें उनका प्रकोष्ठ दिखा कर कहा—''आपको महानायक खोज रहे हैं, परन्तु अभी तो एक घड़ी आप को ठहरना होगा। न हो तब तक आप हाथ-मुँह धोकर विश्राम कर लें।''

अग्निमित्र प्रकोष्ठ में चला गया। और पुष्यमित्र अभी दीप के आलोक में कुछ पढ़ रहे थे। सामने ही दण्डपाल, दुर्गपाल, दौवारिक और आन्तर्वेशिक सविनय बैठे हुए महादण्डनायक की आज्ञा की प्रतीक्षा कर रहे थे। एक छोटी-सी चौकी,—झुका हुआ लेखक प्रतीक्षा में था कि पुष्यमित्र कुछ कहें, वह लिखने लग जाय।

दण्डपाल की आँखों से आँख मिलाते हुए पुष्यमित्र के कहा—''कुछ जानते हैं आप ! कितने तरह के लोगों से आज-कल कुसुमपुरी भर गई है ? कलिंग

पंचनद के कितने छद्मवेशी यहाँ हैं ?" दण्डपाल ने एक लम्बा-सा लेख निकाल कर हाथ में दिया। पुष्यमित्र उसे पढ़ने लगे, पढ़ने के बाद उन्होंने कहा—

"नगर के बाहर जो पन्थशाला बन्द कर दी गई थी, उसे चलाने का प्रबन्ध कीजिए। आप के ही कर्मचारी संचालक हों, समझे न ! सन्देह होते ही अन्य किसी उपाय से उन्हें स्वस्थ कर लेना होगा। कटक शोधन का काम तत्परता से हो। जाइए !"

दण्डपाल प्रणाम करके चला गया। दुर्गपाल से गंभीरतापूर्वक पुष्यमित्र ने इतना ही कहा—दुर्ग पर सैनिक व्यवस्था का प्रबन्ध पूर्ण रहे—शतघ्नी, तप्त तैल इत्यादि युद्ध सामग्री प्रस्तु मिले। समझा न ! कलिंग और पंचनद दोनों ओर से दवाव पड़ने वाला है। तुम मालव हो, इसे भूल न जाना। प्रथम प्रहर के तूर्यनाद पर ही द्वारों में अर्गलाएँ चढ़ जावें। जाइए !"

दुर्गपाल चला गया। आन्तर्वेशिक से प्रश्न हुआ—"कितनी नई दासियाँ अन्तःपुर में आई हैं ? उनकी नामावली कल मिल जाय; और अवरोध में कौन कहाँ है ? किसका क्या ढंग है ? प्रत्येक अवरोध-पथ में या शून्य प्रकोष्ठों में प्रहरी नियुक्त कर दो। आज से नया प्रवेश निषिद्ध। जाइए !"

अब दौवारिक या प्रतिहार की बारी थी। पुष्यमित्र ने कुछ भौं टेढ़ी करके कहा—"सम्राट् से सबको मिलने का अवसर न दो। षड्यन्त्रों से सावधान !"

दौवारिक मुस्कराया। उससे कहा—"आज ही चार अज्ञात पुरुष पकडे जा चुके हैं। यह आप को कहना नहीं होगा।"

"यह तो मैं सुन चुका हूँ। परन्तु मैं इन चार नहीं—अन्य चार सौ से सावधान रहने का संकेत कर रहा हूँ। समय बड़ा ही विचित्र है। कृपया कादम्ब का सेवन रात को मत कीजिए।"

दौवारिक ने सिर झुका लिया। फिर कहा—"ऐसा ही होगा देव !"

वह भी गया। कुल काल तक मस्तक की एक रेखा को उँगलियों से खींचने हुए पुष्यमित्र ने लेखक से पूछा—"कुछ नई बात ?"

उसने पहले लिखे हुए कई छोटे-छोटे अभिलेख सामने धर दिए। एक लेख पढ़ते-पढ़ते चौंक कर महानायक ने पूछा—"क्या कालिन्दी गई ?"

"नहीं, अभी आज्ञा की प्रतीक्षा कर रही है, बुलाई जाय ?"

"हाँ —कहकर पुष्यमित्र फिर चिन्तित हो गया। और लेखक अपने पीछे कपाट खोलकर घुस गया। कुछ ही समय में वह एक अवगुण्ठनवती को साथ लिये आया।

"तो तुमने जो कुछ आज लिखाया है, वह सत्य है न ?"

"हाँ, स्वामी !"

"उस व्यक्ति का नाम तुम जानती हो, जिसके पास ताम्रपत्र है ?"

"नहीं, परन्तु वह अभी यहीं पर आया है।"

"यहीं पर आया है !"

"हाँ, स्वामी !"

"अच्छा, कपिञ्जल को वहाँ ले जाकर गंगाधर की सेवा-पूजा में नियुक्त कर दो; किन्तु सावधान ! एक बात भी उसे मालूम न हो !"

"अच्छा, स्वामी !"

"और उसके यहाँ आने का, वा उसे देखने का भी भेद उससे कभी न कहना। जाओ।"

कालिन्दी ने आँचल के कोने से वह थैली निकाली और पुष्यमित्र के सामने रख दी। पुष्यमित्र ने उसे रखते हुए कहा—"जितनी आवश्यकता हो, वहाँ से आकर ले जाया करना। और देखो, जो लोग वहाँ जायँ, उनसे कहना कि राजकोष से अब सेवा-पूजा का प्रबन्ध हो गया है।"

कालिन्दी प्रणाम करके चली गई।

पुष्यमित्र ने एक बार फिर खोजने वाली दृष्टि लेखक पर डाली।

उससे पूछा—"कामन्दकी भी होगी ?"

"हाँ, स्वामी !"

"उसे बुलाओ।"

लेखक फिर उसी मार्ग से भीतर जाकर एक भिक्षुणी को लिवा लाया। भिक्षुणी ने कुछ स्मित से कहा—"बन्दे।" पुष्यमित्र ने सिर हिला दिया। और पूछा—"कहो तो धर्म-महामात्र की स्थविर से कैसी पटती है ?"

"इरावती को लेकर झगड़ा चल रहा है। सम्राट्..."

"कहो न ?" लेखक की ओर देख कर पुष्यमित्र ने कहा—"वह अन्तरंग है। निर्भय होकर कहो।"

"सम्राट् इरावती को रंगशाला में देखना चाहते हैं। धर्म-महामात्र ने स्थविर से कहा कि किसी आपत्ति दोष से उसे संघ के बाहर कर दिया जाय। फिर तो उसे रंगशाला में ले जाने में सुविधा होगी।"

"किन्तु वह नहीं मानता ?"

"हाँ, परन्तु आज एक घटना हो गई है। भिक्षुणी-विहार के बाहर इरावती को मैंने अग्निमित्र नाम के एक युवक से बातें करते हुए देखा है। कहिए तो स्थविर से इसे कह दूँ, फिर तो वह संघ से..."

"क्या कहा, अग्निमित्र !"

"हाँ, स्वामी !"

"नहीं, तुम चुप रहो। दोनों का समाचार फिर मुझे देना। जाओ।"

कामन्दकी चली गई। पुष्यमित्र ने सिर खुजलाते हुए लेखक से कहा—"देवदास ! मौर्य-साम्राज्य की अन्तरंग नीति बड़ी जटिल होती जा रही है। मैं इसे..."

"स्वामी ! इसलिए तो दौवारिक, आन्तर्वेशिक, दंडपाल और दुर्गपाल भी आपके अधीन कर दिए गए हैं। आपका यह नवीन पद बड़ा ही विकट है; किन्तु कुछ चिन्ता नहीं स्वामी ! आपकी प्रजा सब का पार लगायेगी।"

"तो भी कभी-कभी ऐसा जान पड़ता है कि आँधो आने वाली है।"

"नहीं स्वामी। आ पहुँची समझिए।"

"ठीक कहते हो। अच्छा जाओ विश्राम करो।"—लेखक देवदास चला गया। पुष्यमित्र अकेले चिन्तित बैठे रहे। सेवक ने आकर पूछा—"कुमार आ गये हैं, उन्हें..."

"भेज दो, नहीं अभी ठहरो। देखो मधुकर आया है !"

"वह तो कभी से आकर मुचकुन्द की छाया में बैठा है।"

"बुलाओ उसे !"

सेवक जाकर मधुकर को लिवा लाया। उसने प्रणाम किया। महादण्डनायक कुछ अन्यमनस्क थे; देखा नहीं। अपने-आप कहने लगे—"इस मनुष्य का पता नहीं चलता कि क्या है। पतंजलि ! लोग उसे मुनि कहते हैं, तपस्वी है, विद्वान् है, और भी क्या नहीं है ?"

"स्वामी ! वह सचमुच सिद्ध है और साथ ही निस्पृह भी है।"—मधुकर ने कहा।

"मधुकर ! तुम सत्य कह रहे हो।"

"हाँ, स्वामी ! वैसा पुरुष पाखण्ड नहीं हो सकता। एक दिन आप भी चलिए।"

"नहीं मधुकर ! अभी उसकी और परीक्षा लो। फिर मैं कभी चलूंगा। जाओ, कुमार अग्निमित्र को बुला लाओ।"

मधुकर चला गया।

अग्निमित्र सामने आया, उदास और गम्भीर, जैसे विषाद से भरा हुआ। पुष्यमित्र ने पूछा—"तुम कहाँ रहे ?"

"यों ही घूमता रहा।"

"यों ही ! कदाचित् भावी सेनानायक के लिए यों ही घूमना लाभ कारक नहीं है। यह तुम जानते होगे।"

"पिताजी ! क्षमा कीजिए। बरसों बन्दीगृह में रहने के बाद घूम लेने की इच्छा स्वाभाविक ही है।"

"किन्तु एक नायक को साहसिक की तरह जहाँ कहीं चले जाना, जिस किसी का शव जलाना, भिक्षुणी-विहार के समीप चक्कर काटना आपत्ति से खाली नहीं।"—पुष्यमित्र ने कुछ कर्कश स्वर से कहा। अग्निमित्र जैसे ठोकर लगने के समान आहत होकर देखने लगा। वह हाँ भी नहीं कह सकता था, नहीं भी नहीं।

उसका पिता क्या सर्वज्ञ है ! अभी वह सोच ही रहा था कि पुष्यमित्र ने कड़क कर कहा—"लाओ वह ताम्रपत्र कहाँ है ?"

"ताम्रपत्र !"

"हाँ, ताम्रपत्र ! जिसे पुजारी ने तुमको दिया है। जानते हो, वह राज-सम्पत्ति है।"

"अग्निमित्र को वह मिला है पिताजी ! और इस नियम पर कि उसका रहस्य किसी को न बताया जाय।"—दृढ़ता से अग्निमित्र ने कहा।

"हाँ, तब तो ठीक है।"

"और सुनिए, मैं इस अत्याचारी मगध-सम्राट् का कोई भी कार्यभार अपने कंधों पर नहीं उठाता। आप मुझे नायकत्व से छुट्टी दिला दीजिए। मैं अनुग्रह का भिखारी नहीं।"

"वह तो मैं स्वयं ही कहने जा रहा था। तुम अविश्वसनीय हो। तुम पर ऐसा गुरुभार देना, मूर्खता होगी। अच्छा, अब तुम मुक्त रहना चाहते हो, या बन्दीगृह में ?"

"जैसी आपकी आज्ञा होगी !"

"मैं पिता हूँ, इसीलिए तुम मुझ पर इतना अत्याचार कर रहे हो। नहीं तो..."

"मैं जानता हूँ कि अब तक मैं कहाँ होता; परन्तु जब एक अत्याचारी सम्राट् का इतना समर्थन आप करते हैं, तब क्या एक पुत्र के लिए भी कुछ न करेंगे।"—अग्निमित्र भरा हुआ था। यह जानकर पुष्यमित्र ने उसे छेड़ा नहीं। पुष्यमित्र अभी भी मन-ही-मन कह रहा था कि अग्नि निरपराध है। कर्त्तव्य और स्नेह का युद्ध हो रहा था। महादण्डनायक ने क्षण भर रुककर कहा—"अच्छा तुम जैसे चाहो रहो; परन्तु मेरी पद-मर्यादा का तुम्हें ध्यान रखना चाहिए। जाओ विश्राम करो। अन्यथा मैं केवल तुम्हारा पिता ही नहीं, मगध का महादण्डनायक भी हूँ।"

पाटलिपुत्र में हलचल है। प्रान्त दुर्गों से सैनिकों का तांता लग रहा है। गंगा के किनारे शिविरों की श्रेणी में उनका तात्कालिक निवास है। वृद्ध सेनापति और पुष्यमित्र कई दिनों से उन्हें, नावों के द्वारा कान्यकुब्ज और रोहिताश्व भेजने में व्यस्त हैं। रोहिताश्व जानेवाली सेना शोण के जलपथ से मणिभद्र की नायकता में जा चुकी है। अश्वारोहियों के साथ अग्निमित्र जायगा—ऐसी धारणा सबके मन में है; किन्तु कान्यकुब्ज के लिए, आज अश्वारोही सेना के साथ सेनापति प्रस्थान करने वाले हैं। नगर में भारी उत्साह और प्रदर्शन है।

सैनिकों के लिए स्थान-स्थान पर आमोद-प्रमोद के साथ विदाई का समारोह है। नागरिकाएँ पुष्पमाला और चंदन से उन्हें अभिनन्दित कर रही हैं। आपानक और संगीत भी चल रहा है।

धर्म-विजय की इच्छा रखने वाले सम्राट् बृहस्पतिमित्र, शस्त्र-विजय के लिए उत्सुक हैं। महागज पर चढ़कर नगर के पश्चिम द्वार से सेना-प्रयाण का निरीक्षण कर रहे थे। वीरों के खड्ग से सम्राट् की वन्दना हो रही है। बृहस्पतिमित्र इस उत्साह में भी जैसे सशंक हैं। अन्तःपुरिकाएँ गज-पंक्ति पर बैठी हुई पुष्प-वर्षा कर रही हैं। घोड़ों के हींसने का शब्द तूर्यनाद के साथ दिशाओं को विकम्पित कर रहा है। शंखों का उन्मुक्त स्वर दुंदुभी के साथ तोरण के ऊपर से आकाश-मंडल को गुँजा रहा है। किन्तु सम्राट् के मन में जैसे उत्साह नहीं; सिंह की ध्वजा की छाया में सेना के पीछे वृद्ध सेनापति धीरे-धीरे प्रकाण्ड श्वेताश्व पर सम्राट् के दृष्टिपथ में आए। गजराज बैठा दिया गया। सेनापति ने खड्ग शिर से लगाकर कहा—"सम्राट् बृहस्पतिमित्र की जय!" घोर जयनाद से दिशाएँ प्रतिध्वनित हुईं। सम्राट् ने सेनापति को चन्दन का तिलक लगाया। वृद्ध ने अश्रुपूर्ण लोचन होकर कहा—"सम्राट्! मैं तो चला! जिस दिन की प्रतीक्षा में मेरे केश धवल हो गए, वह सामने है। मेरे लिए आज से बढ़कर कौन सा पुण्य-दिवस होगा; किन्तु मगध! जिसने शताब्दियों से वीरता और संस्कृति में भारत का प्रमुख बनने का गुरुभार अपने ऊपर लिया है, उसकी मर्यादा जीवित रहे। हम लोग साधारण शब्द-जाल से ऊँचे उठकर सच्ची कर्मण्यता का—प्राणों का मोह छोड़कर भी—पालन करें यह मेरी, इस वृद्ध शस्त्र-व्यव-

सायी की प्रार्थना है। जिस धर्म और शान्ति तथा सभ्यता के लिए मगध-निवासी मरे जा रहे हैं, वह शक्ति के बिना रह नहीं सकती। मगध के एक-एक अन्न, एक-एक प्राणी का जिसमें सदुपयोग हो, वही व्यवस्था कीजिए सम्राट् !—मगध की जय !"

वृद्ध का कंठ गद्गद हो रहा है। वीर-श्री से उसका मुख-मण्डल दीप्त था। किन्तु धर्म-विजय करने वाले सम्राट् के मुख से एक शब्द भी न निकला। पुष्यमित्र अपने घोड़े पर से कूदकर वृद्ध के समीप आया। सेनापति का चरण पकड़कर उसने उच्च कंठ से कहा—"सेनापति ! आर्य ! विश्वास कीजिए ! पुष्यमित्र के जीवित रहते मगध का विनाश न होगा। आपकी आज्ञा अक्षरशः पालन की जायगी।"

वृद्ध ने स्नेह से पुष्यमित्र के सिर पर हाथ फेरकर कहा—"मुझे तुमसे ऐसी ही आशा है। मगध की जय।"—और श्वेत अश्व बढ़ चला। सम्राट् हतप्रभ ! एक शब्द भी मुँह से न निकला। वे दूर धर्म-महामात्र की शिविका देख रहे थे।

सेनापति चले गये। धूल से अब उनकी सेना छिप गई थी। महाराज धीरे-धीरे गजसेना के साथ नगर से राजप्रासाद की ओर चले। पुष्यमित्र ने वहीं खड़े-खड़े एक बार चारों ओर देखा। अग्नि जो पीछे घोड़े पर था, बोला—"क्या आज्ञा है !"

"तुमको सीधे पार्श्वनाथ गिरि जाना होगा। डरो मत। युद्ध नहीं, कुछ बातें करनी होंगी। जा सकोगे ?"

"यदि आपकी आज्ञा हो तो, किन्तु जाने से कोई लाभ नहीं।"

"क्यों ?"

"इसलिए कि मगध का निमंत्रण अब खारवेल को मिल चुका होगा। संभवतः वह मगध में अपनी गजसेना के साथ कुछ ही दिनों में आ जायगा।"

"तुम कहते क्या हो ?"

"यह देखिए सम्राट् के पत्र की यह प्रतिलिपि है।"—कहकर अग्निमित्र ने एक पत्र हाथ पर रख दिया। पुष्यमित्र ने कहा—"मैं इसे अंधकार में नहीं पढ़ सकता। तुम कहो न ! इसमें लिखा क्या है ?"

"इसमें लिखा है—आप स्वयं आकर भगवान् अग्र जिनकी स्वर्णप्रतिमा उत्सव के समारोह के साथ ले जायँ।"

दोनों के घोड़े बराबर सटे हुए चल रहे थे। पुष्यमित्र स्तब्ध थे। उनका अश्व धीमे-धीमे चल रहा था। और वह जैसे निर्जीव-से उस पर बैठे थे। एक उल्काधारी कब से उनके साथ हो गया था—यह उन लोगों को नहीं मालूम।

वह भी धीरे-धीरे अश्वारोहियों के आगे-आगे चल रहा था। सहसा पुष्यमित्र ने कहा—

"तुम्हारा क्या नाम है ?"

"पिंगलक स्वामी !"

"अच्छा जाओ, तुम्हारा काम नहीं है; अभी हम लोग कुछ और घूम कर आवेंगे।"

पिंगलक चला गया। राजपथ अन्धकारपूर्ण था। प्रासाद की ओर न जाकर पिता-पुत्र दोनों ही पूर्व नगर-द्वार की ओर लौट पड़े।

"तब तो जान पड़ता है कि मौर्य-साम्राज्य की संध्या आ गई है। यवनों का आक्रमण, उधर से खारवेल का घेरा ! इस मूर्खता की भी कोई सीमा है !"

"किन्तु मैंने उस निमंत्रण को जाने दिया है, यही समझकर कि उस संकट के समय संभवतः खारवेल से कुछ काम निकल जाय !"

प्रसन्नता से पुष्यमित्र ने अग्नि की पीठ थपथपाई; किन्तु वह प्रसन्नता क्षण-भर की थी। पुष्यमित्र के निशस्त्राण से टकरा कर एक तीर अलग जा गिरा। दोनों सशंक होकर अंधकार में आँख गड़ाकर देखने लगे। अग्नि ने कहा—

"चलिए, उद्यान-गृह समीप है। शत्रु चारों ओर हैं। मैं आपको पहुँचा कर फिर टोह लेने जाऊँगा।"

पुष्यमित्र ने बाग मोड़ी। दोनों शीघ्र ही उद्यान के द्वार पर आये। उल्का-धारी प्रहरी सामने आकर खड़े हो गये। घोड़ों से उतर कर दोनों बातें करते हुए मुचकुन्द वृक्ष की छाया में क्षण-भर के लिए खड़े हो गये।

"जान पड़ता है कि कुसुमपुरी कंटकों से भर गई है; यह गुप्त आक्रमण !"

"पिताजी ! यह स्वस्तिक दल का कार्य है !"

"स्वस्तिक दल !"

"हाँ, विद्रोहियों की एक संस्था है। मुझे उसी से खारवेल के निमंत्रण का पता चला।"

किन्तु तुम कैसे उनसे मिले ?"

"फिर बताऊँगा ! इस समय मुझे आज्ञा दीजिए।"

"किन्तु...अच्छा जाओ। पर एक बात मेरी स्मरण रखना। मगध का साम्राज्य नष्ट न होने पाए इस कर्तव्य को भूलना मत ! हो सके तो रोहिताश्व जाने वाले अश्वारोहियों की सेना पर नायक बनने का अवसर न छोड़ देना। क्योंकि इस समय बल-संचय की आवश्यकता है।

"वहीं होगा; किन्तु इस समय मुझे आप जाने की आज्ञा दीजिए"—कहते

हुए अग्निमित्र ने अपनी कमर से लगी हुई तलवार टटोली, फिर सिर झुकाकर नमस्कार करते हुए वह चला गया।

पुष्यमित्र को आश्चर्य के साथ अग्नि पर क्रोध भी आया। उसने झुंझला कर कहा—"इसका जन्म ही मूल नक्षत्र में हुआ था और तभी ज्योतिषी ने कहा था कि बारह वर्ष यह पिता के सामने न आवे। किन्तु आज बीस वर्ष की अवस्था में भी क्या इसके साथ देखा-सुनी की जा सकती है? जैसा नाम वैसा ही काम, जैसे अग्नि का दूत! तो फिर जाय!"—पुष्यमित्र भीतर चला गया।

नगर के पूर्वीय द्वार की ओर न जाकर अग्निमित्र उत्तर में सुगांग प्रासाद की ओर धीरे-धीरे अन्धकार की छाया में बढ़ता जा रहा है। प्रहरियों के चक्र से बचता हुआ एक स्थान पर वह रुका ही था कि किसी ने उसके कन्धे पर हाथ रख दिया। उसने चौंक कर अपनी छोटी-सी कृपाण निकाल ली। परन्तु उस व्यक्ति ने कहा—"डरो मत! मित्र से डरने की कोई बात नहीं।" तिस पर स्त्री! मेरी स्वामिनी विपन्न है, आप उनकी सहायता के लिए वचन दे चुके हैं न! तो फिर आइए!

"तुम कौन हो?"

"कालिन्दी देवी की परिचारिका!"

"अच्छा चलो।"—स्त्री ने उसका हाथ पकड़ कर एक शिला-खण्ड पर खड़ा कर दिया। फिर न जाने कौन-सी क्रिया की कि वह पत्थर नीचे धँस चला! अग्निमित्र सशंक हुआ, फिर भी साहस न छोड़कर वह चुपचाप रहा। पत्थर के रुकने पर उसने देखा कि वह सुरंग के भीतर खड़ा है। दूर से एक तीव्र नीला आलोक आ रहा है। आँखें चौंध गईं। फिर देखा तो वह अकेला है और पत्थर ऊपर से बन्द हो गया है उसने आगे बढ़ने का ही निश्चय किया। सुरंग के दूसरे सिरे पर सात सीढ़ियाँ थीं। अग्नि कृपाण हाथ में लिए ऊपर चढ़ा। जब वह द्वार से निकल कर बाहर आया, तो देखा एक स्त्री वहाँ खड़ी है। वह छोटा-सा उद्यान कुंजों और झुरमुटों से भरा है, जिनसे भीनी महक और हलका-सा आलोक चारों ओर फैल रहा है। स्त्री ने काह—"स्वागत! चले आइए।"

चमेली के कुंजों से बने हुए छाया-पथ में स्त्री के पीछे-पीछे चलने लगा। सामने खम्भे पर एक सुन्दर दालान थी जिस पर कोई लता चढ़ी थी। अग्निमित्र वहाँ जाकर ठहर गया। परदा हटा कर स्त्री ने भीतर प्रकोष्ठ में झाँक कर देखा, फिर हट गई। अग्नि को उसने भीतर जाने का संकेत किया।

चकित और सशंक अग्निमित्र ने भीतर जाकर देखा, सुन्दर शैया पर आधी

लेटी हुई एक सुन्दरी जिसके रत्नालंकारों की प्रभा से आँखें झलमलाने लगीं। प्रकोष्ठ बहुत बड़ा था। उसमें स्थान-स्थान पर बहुमूल्य आसन, मंच और पुतलियों के दीपाधार थे। भित्ति पर सुन्दर चित्र बने थे। अग्निमित्र पहले तो चकित-सा यही सब देख रहा था; परन्तु जब युवती ने थोड़ा-सा उठ कर कहा--

"आइए बैठिए !"---तब जैसे उसे संदेह होने लगा कि मैंने यह स्वर कहीं सुना है, फिर अपना भ्रम समझ कर वह चुप रहा। शिष्टाचारवश आँखें जमाकर उस सुन्दर मुख को देखता भी न था।

युवती हँस पड़ी। अग्निमित्र ने अब कहा—"मुझसे कालिन्दी ने कहा था कि एक विपन्ना स्त्री आपकी सहायता चाहती है। प्रासाद के पूर्वी भाग में रात्रि के पहले प्रहर में जाने से आप उसकी सहायता कर सकेंगे। किन्तु यहाँ तो देखता हूँ कि कोई बिपन्न नहीं—तब मुझको ही धोखा दिया गया है क्या ?"

सुन्दरी खिलखिला कर हँसने लगी। अग्निमित्र का रोष बढ़ रहा था। उसने कंधा कुछ चमकाकर, घूमकर द्वार की ओर जाना चाहा; परन्तु सहसा वही सुन्दरी उठकर उसके कंधे पर हाथ रखकर बोली---"जब कहीं मनुष्य जाता है, तब उसे आतिथ्य-सत्कार ग्रहण...।"

"अरे, यह तुम---नहीं मुझे भ्रम हो रहा है। मुझे छोड़ दो"—अग्नि ने कहा।

"वाह ! यह अच्छी रही। सुनूँ भी, आप का भ्रम क्या है ?"—"सुन्दरी ने हाथ पकड़कर शैया पर बिठलाते हुए कहा।

"तुम कौन हो ?"

मैं···समझ लीजिए मैं कालिन्दी हूँ।"

"हो ही, समझ क्या लूँ ! परन्तु इस छल का क्या तात्पर्य ! क्या तुम जो बात यहाँ कह सकती हो, वह गंगाधर मन्दिर में नहीं कह सकती थीं ?"

"कालिन्दी मैं नहीं हूँ, यह बात वहाँ कैसे विश्वास की जा सकती है ?"—कहती हुई वह अग्निमित्र के समीप शैया पर बैठ गई। उसके अंग-अंग से लावण्य की ज्योति, यौवन का स्फुलिंग छूट रहा था। सुगंध से बसा हुआ उसका उत्तरीय खिसक चला था, जूड़े में लगी चमेली की माला महकने लगी थी। हाँ, मुख के निःश्वासों में कादम्ब की भीनी महक, आँखों में मादकता के डोरे ! अग्निमित्र ने देखा सचमुच कालिन्दी ही तो है। विकृत वेश में उसे, उसने मन्दिर में देखा था। उसने आश्चर्य से पूछा—"इस माया का क्या तात्पर्य है ?"

"मैं दासी हूँ न, आपकी सेवा करने के लिए यह...!" वह कुछ सलज्ज हो रही थी।

"अच्छा, बताओ तुम कौन हो ?"

"आप नहीं जानते ?"

"जानना सहज नहीं, फिर ऐसी मायाविनी को ! कालिन्दी, तुमने मुझे यहाँ क्यों बुलाया, अपना अर्थ स्पष्ट कहो । मैं अधिक नहीं ठहर सकता ।"

"हा दैव ! स्त्री का मुँह कुछ बातों के लिए बंद रहता है, यह क्या आप नहीं जानते ?"

"जानता हूँ; परन्तु वे तुम्हारी जैसी नहीं होतीं । तुम छद्म-वेशधारिणी दासी हो या राजरानी हो, कह नहीं सकता । तिस पर भी तुम चाहे कुछ हो, मैं तुम्हारे लिए क्या कर सकता हूँ, यह तो तुम्हीं को बताना होगा ।"

"मेरी विपत्ति अभी तक नहीं समझ सके निष्ठुर ! मैंने जिस दिन से गंगा मन्दिर पर तुमको...।"

"चुप रहो कालिन्दी, मैं स्त्रियों के प्रेम का रहस्य नहीं समझ पाया हूँ । जब वह चंचल लास्य मन से मन को...अथवा, जाने दो मैं प्रणय के स्वाध्याय में असफल विद्यार्थी हूँ । दूसरी कोई बात हो तो कहो ।"

"अग्निमित्र, चौंको मत । मैं तुम्हारा परिचय जान गई हूँ और मैं कालिन्दी हूँ, इसमें सन्देह नहीं, परन्तु परिचारिका नहीं । मगध के विश्वविश्रुत नन्दराज का रक्त मेरी धमनियों में है । मैं कुमारी हूँ; समझा । मैं तुम्हारे प्रणय के उपयुक्त हूँ । भिक्षुणी इरावती से कहीं अधिक...।"

अग्निमित्र ने उत्तेजित होकर उसके मुँह पर हाथ रख दिया—"चुप रहो ।"

"क्या उसका नाम भी न लूँ । वाह ! इतना पक्षपात ।" —फिर वह खिलखिला कर हँस पड़ी । अग्निमित्र असन्तुष्ट होकर खड़ा हो गया; किन्तु कालिन्दी भी साथ ही खड़ी होकर कहने लगी—"देखो अग्निमित्र ! मैं राजगृह की धर्मशाला की घटना सब जानती हूँ । तुमने जिस पथ पर चलना निश्चित किया है, वही तो मेरा भी है । फिर...।"

"अरे ! तो क्या तुम्हीं धर्मशाला के खँडहर में उस भयावनी रात्रि के सन्नाटे को भंग करती हुई रो रही थी !"

"हाँ ! मैं ही थी; जिसे बचाने के लिए तुम वायु वेग से अपने अश्व पर दौड़े हुए आये थे । फिर क्या हुआ वह तो सब तुम्हें विदित है ।" अग्निमित्र उस रहस्यमयी को तीखी दृष्टि से देखता हुआ फिर बैठ गया ।

"हाँ, यह ठीक है । पहले कुछ खा-पी लो । तुम्हारा मन स्वस्थ हो जाय, तब हम लोग बातें करें ।" —यह कहकर उसने स्वादु पक्व मांस और मधुर गंध-वाली सुरा सामने रख दी । चौकी समीप खिसका कर बोली—"कहिए तो मैं

ही खिला दूँ ।'' —फिर वही तीव्र कटाक्ष और रसीली मुसकान ! अग्निमित्र ने कहा, ''नहीं, इसकी आवश्यकता नहीं ।'' —वह भूखा था ही, कुछ-कुछ खाने लगा । और मन-ही-मन अपनी अवस्था पर विचार भी करने लगा । उसे सोचने का अवसर मिला, इस रहस्यमयी रमणी के साथ कैसा व्यवहार किया जाय ! उसने धीरे से एक पात्र कादम्ब चढ़ा लिया, फिर बोला—

''मैं तो उस दिन की घटना भी कुछ नहीं समझ सका कालिन्दी ! तुम जानती हो कि मगध मेरे लिए नया है; विशेषतः यह रहस्यों की नगरी कुसुमपुरी ! मैं तो अभी इनको समझ भी नहीं पाया हूँ । मैं राजगृह की ओर जा रहा था । मार्ग अपरिचित होने से भटक रहा था । रात हो गई थी । तुम्हारा क्रन्दन-स्वर सुनाई पड़ा, वहाँ चला गया; परन्तु वह घटना तो मुझे गंधर्व नगर की-सी जान पड़ती है । कुछ समझ में नहीं आया । उस टूटी कोठरी में जब तुम्हारा शब्द सुनकर मैं पहुँचा तो वहाँ अंधकार था । किसी ने धीरे से मुझसे कहा—'चुप रहिये ।...' फिर जैसे किसी स्त्री ने मेरा हाथ पकड़ लिया । उसमा हाथ थर-थर काँप रहा था । सम्भवतः भय से वह मुझसे लिपट जाना चाहती थी ।''

कालिन्दी अपनी हँसी न रोक सकी । इधर अग्निमित्र पर कादम्ब ने रंग चढ़ा दिया था । वह कहने लगा—

''तुम हँसती हो, हाँ तो सुनो, तुम्हारे पास की ही कोठरी में पाँच मनुष्य जो ठहरे थे, वे बाहर निकल पड़े । यह जानने के लिए कि कोई उपद्रव तो नहीं हो रहा है । वे इधर-उधर अंधकार में खोजने लगे । इतने में एक पुलिन्दा मेरी कोठरी में आया । साथ ही चार...नहीं मैं भूल कर रहा हूँ, पाँच व्यक्ति...चुन्नटदार काली धोतियाँ डाले, जिसमें कनटोप भी सिला था, जिसपर लाल स्वस्तिक लगा था, कोठरी में घुस आये । किवाड़ बन्द हो गया था । अब हम लोग सात व्यक्ति उसमें थे । उस स्त्री ने अवगुण्ठन खींच लिया था । क्योंकि कोठरी के किसी गुप्त स्थान पर से आवरण हटा देने से जब प्रकाश हो गया तो मैं चकित हो गया था । और वे मुझको देखकर आश्चर्य में थे । कदाचित् वे मुझ पर आक्रमण किया ही चाहते थे; परन्तु स्त्री ने संकेत से उन्हें रोक दिया । मैं अपने खड्ग पर हाथ रखकर भविष्य की प्रतीक्षा कर रहा था । उन्होंने बण्डल खोल डाला । उसमें से बहुमूल्य आवरण में लिपटा हुआ एक पत्र निकालकर वे पढ़ने लगे । कदाचित् वे न पढ़ सके ।''

''हाँ, तब मैंने संकेत किया तुम्हें चुपचाप पढ़ लेने के लिए । फिर तुमने कानों में कहा—'यह खारवेल के लिए जिनमूर्ति ले जाने का निमन्त्रण है । मगध सम्राट् ने उन्हें बुलाया है ।' फिर वह पुलिन्दा उसी तरह बाँधकर छोड़ दिया गया ।

और हम सब बाहर एक गुप्त मार्ग से निकल गये। तुमने कहा गया कि देखो इसकी चर्चा मत करना; परन्तु तुमने पिता से उस बात को कह दिया। और इसका दण्ड भी उन भयानक स्वस्तिक दल वालों ने तुमको देना चाहा। परन्तु तुम बच गये। यही सब न तुम कहना चाहते हो?" —कालिन्दी ने हँसकर कहा।

अग्निमित्र बालकों की तरह उसका मुँह देख रहा था। कालिन्दी ने फिर कहा—"मैं तुम्हें सावधान कर देना चाहती थी; परन्तु अवसर न मिला। स्वस्तिक के गुप्तचर तुम दोनों—पिता-पुत्र के पीछे लगे थे। अच्छा ही हुआ कि कोई घायल नहीं हुआ।"

"कालिन्दी तुम क्या हो? वहाँ तुम क्यों गई थीं?"

"मुझे मालूम था कि खारवेल के दूत के साथ वृहस्पतिमित्र का दूत जा रहा है। वह क्या सन्देश है? यह जान लेना स्वस्तिक के लिए आवश्यक था। राजगृह के बाहर ही धर्मशाला में उनको ठहरने के लिए तत्पर कराया गया और कौशल से वह राजसंदेश पढ़ लिया गया। बस इतनी तो बात है। न जाने कहाँ से तुम भूल-भटककर उसी समय वहाँ पहुँच गये थे।"

"परन्तु तुम यह सब क्यों करती हो?"

"इसलिए कि कोई वीर पुरुष साहसी मेरा सहायक नहीं। मैं अपने जीर्ण गृह में चुपचाप दुख के दिन काट रही थी। मृत सम्राट् शतधनुष ने कदाचित् मुझे अपनी काम-वासना तृप्त करने के लिये पकड़वा मँगाया। संयोग, मैं जिस दिन सुगांग प्रसाद के इस कोने में आई, उसी दिन दुर्घटना ने शतधनुष की मृत्यु हो गई। आन्तर्वेशिक ने मेरे लिए सब उपकरण, अलंकार, दास, दासी और अन्य व्यवस्था ठीक कर दी थी। मैं यहीं रह गई और उसी का प्रतिशोध चाहती हूँ। मौर्यों ने नन्दों का विनाश किया था। मैं मौर्यों का विनाश करूँगी"—कहते-कहते कालिन्दी तनकर खड़ी हो गई। उसके मुख पर उन्माद के लक्षण दिखाई पड़े। नसें फूल गई थीं। मुख आरक्तिम और भयानक हो गया था। धीरे से उसने मणिमेखला में से पतली धार की कृपाण निकाल ली। उसका उत्तरीय खिसक कर गिर पड़ा था। उन्नत वक्षस्थल पर नीली रेशमी पट्टी मात्र बँधी थी। वह अर्द्ध नग्न-सी थी। मोतियों की एकावली के नीचे, छाती पर, अग्निमित्र ने आश्चर्य से देखा कि वही लाल रंग का, माणिक्य में काटकर बनाया हुआ स्वस्तिक झूल रहा था।

अग्निमित्र क्षण-भर के लिए स्तब्ध था। फिर सहसा अपने का सँभाल कर उसने कहा—"कालिन्दी! सावधान!"

"हाँ, मैं सावधान हूँ, प्राण हथेली पर लिये मैं किसी भी भविष्य की प्रतीक्षा में हूँ। अग्निमित्र! मैं...फिर भी राजनन्दिनी हूँ। यह अभियान मेरे मन से नहीं गया है! नन्द की निधि मेरी सम्पत्ति है। और होगी। किन्तु तुम न जाने कहाँ से बीच में आ पड़े। मैं स्त्री हूँ। आह! तुम अग्निमित्र! अब तक जीवित न रहते। परन्तु मैं अपने हृदय से हारी हूँ। मैं राजप्रेयसी! राजनन्दिनी! अनुग्रह की क्षमता खो नहीं सकी हूँ। अग्नि! लो मैं अपना बहुमूल्य प्रणय तुम्हें दान करती हूँ।"

कालिन्दी सचमुच निग्रह और अनुग्रह को क्षमता रखने वाली साम्राज्ञी-सी दिखाई पड़ती थी। उसकी पतली काया उस रत्न और आलोक की छाया में महिमा और गौरव से पूर्ण थी। वह सिंहनी थी। अग्निमित्र ने यह सब देखा, फिर हँस कर कहा—"तो...कालिन्दी! मुझे सोचने का अवसर न दोगी! क्या तुम मुझसे झूठा वाक्य चाहती हो। यह प्राण के भय से भी मैं नहीं कर सकूँगा। मुझे सोच लेने दो, मैं प्रणय या अनुग्रह का भिखारी नहीं; किन्तु हृदयहीन भी नहीं हूँ। विश्वास रक्खो मैं इसका उत्तर कल दूँगा?"

कालिन्दी ने अपने को अपमानित समझा। उसके नेत्र आरक्तिम हो उठे। परन्तु रमणी के नेत्र! उनमें अधिक ताप होते ही जल-विन्दु दिखलाई पड़े। कृपाण फेंक कर वह गिरने की तरह शैया पर बैठ गई। अग्निमित्र को प्रमाद हुआ, उसने आज तक यह दृश्य नहीं देखा था। इरावती को शान्त शरद नदी के रूप में देखा था; जिसमें मीठी हिलकोर थी। किन्तु यह तटवृक्षों को बहा ले जाने वाली, उत्ताल तरंगमयी, कूलप्लाविनी वर्षा की बढ़ी हुई महानदी उसने जीवन में आज ही देखी। आवर्त में आ गया।. उसने अपने कंचुक के भीतर से ताम्रपत्र निकालकर कालिन्दी के समीप रख दिया; और कहा—

"कालिन्दी! राजनन्दिनी! यह लो तुम्हारी निधि है, तब उसका ताम्रपत्र रखने की अधिकारिणी तुम्हीं हो। और यह मेरा जीवन तो अब कमल-दल का विंदु है। मैं रोगी नहीं हूँ, मरणासन्न भी नहीं। किन्तु किसी भी क्षण क्या होगा, कह नहीं सकता। मैं भी तुम्हारी तरह बृहस्पतिमित्र का विरोधी हूँ। आज इतना ही, फिर अभी संसार में कुछ और लेना-देना है, उसे समझकर कल तुमसे कहूँगा।"

"अर्थात् पिता से?"

"नहीं, अपने मन से।"

कालिन्दी सहसा उठकर अग्निमित्र से लिपट गई। अग्निमित्र ने अनिच्छित आलिंगन को प्रमाद ही समझा। धीरे-धीरे उसने अपने को अलग किया। कालिन्दी ने पान दिया, और ताली बजाते ही दासी उपस्थित हुई।

अग्निमित्र उसके पीछे-पीछे चला। कालिन्दी उसे मधुर प्रणय-दृष्टि से एकटक देख रही थी।

अन्धकार में प्रहरियों से बचता जब अग्निमित्र घर पर आया, तो उसका मस्तिष्क जैसे विकल हो रहा था। वह शैया पर पड़ते ही, इरावती और कालिन्दी की तुलना करता हुआ थकावट की नींद में सो गया।

"आनन्द ! आनन्द ! आनन्द !" फिर तीव्र श्रृंगनाद ! सब लोग चौंक उठे। नगर में हलचल तो थी ही। वृद्ध सेनापति के, कान्यकुब्ज में वीरगति प्राप्त होने के समाचार ने कुसुमपुर में भयानक त्रास उत्पन्न कर दिया था। सब लोग सशंक होकर कुसुमपुर के अवरोध की प्रतीक्षा कर रहे थे। फिर यह तीव्र श्रृंगनाद ! और यह युवा बलिष्ठ ब्रह्मचारी सिर पर रुद्राक्ष की माला, कंठ में यज्ञोपवीत, खुले हुए अस्त-व्यस्त केश, काषाय का अँचला डाले हुए अद्‌भुत जगाने वाले की तरह कहाँ से आ गया।

कुक्कुटराम के भिक्षुणी-विहार के द्वार पर उसका श्रृंगनाद वेग से हुआ था। कपाट खुला। इरावती निकल आई। जिस दिन से उन छोकड़ियों ने उसे छकाया, उसी दिन से वह अपने ऊपर विचार कर रही थी। वह सुनने लगी—

"दुःख का अंधकार, नटराज के अग्नि-ताण्डव से जल रहा है। देखो, सृष्टि, स्थिति, संहार, तिरोभाव और अनुग्रह की नित्य लीला से समस्त आकाश भर उठा है। आत्मशक्ति के विस्मृत विद्युत्कण ! अपने स्वरूप में चमक उठे ! उठो, मंगलमय जागरण के लिए विषाद-निद्रा से उठो !"

ब्रह्मचारी ने फिर श्रृंगनाद किया। वह आगे बढ़ने ही वाला था कि इरावती ने कहा—"क्या कहा आपने। यह आशामय संदेश। नहीं यह मिथ्या है, प्रलोभन है।"

"अनात्म के वातावरण में पला हुआ यह क्षणिक विज्ञान, उस शाश्वत सत्ता में सन्देह करता है। माँ ! तुम सर्वशक्तिमती हो। आनन्द के उल्लास की मात्रा ही जीवन है, यह भूल क्यों गई हो ?"—ब्रह्मचारी ने हँस कर कहा।

"परन्तु मुझे तो अपने कर्मों पर पश्चाताप की ज्वाला में जलने की आज्ञा मिली है। और इस यातना का कभी अन्त होगा कि नहीं, नहीं कह सकती।"

"कौन-से ऐसे कर्म हैं देवि, जिन्हें हम आनन्द की भावना में भस्म नहीं कर सकते। तुमसे कौन-सा अपराध हुआ है ?"

"मैं नहीं जानती। लोग कहते हैं—मैं नाचती थी, आनन्द मनाती थी। यही मेरा अपराध हो सकता है।"

"माँ ! तुम शक्ति-स्वरूपा हो, अर्न्तनिहित आनन्द की अग्नि प्रज्वलित करो !

सब मलिन कर्म उसमें भस्म हो जायँगे। उस आनन्द के समीप पाप आने से डरेगा।''—कहता हुआ ब्रह्मचारी आगे बढ़ गया। वह जैसे सबको जगाने के लिए आया था। उसे ठहरने का अवसर नहीं। ठीक उसी समय विहार के दूसरी ओर से एक भिक्षु आ गया। उसने कुछ रोष से कहा—

''भगिनी! तुमने विनय का उल्लंघन किया है। एक अपरिचित पाखण्ड से तुमको ऐसा व्यवहार नहीं करना चाहिए। मैं संघ में इसकी सूचना दूँगा। जाओ भीतर जाओ।''

''क्या फिर अन्धकार के गह्वर में, उसी निराशा के आवर्त्त में! उसी दम घोंटने वाले विषाक्त वायुमण्डल में! ना, मैं नहीं जाऊँगी। मुझे तुम्हारा धर्म नहीं चाहिए। मुझे छोड़ दो।''—इरावती जैसे रो रही थी।

''भगिनी! तुम उस पाखण्ड की पापमति से प्रभावित हो गई हो। जाओ, पापदेशना करना होगा।''

कैसा भीषण जाल फैला है। विवश प्राणी जैसे पाप के कुहरे से अपने को ढँक लेने के लिए बाध्य किया जा रहा है। ''आर्य! मैं स्वीकार करती हूँ कि मैंने अपने इस छोटे-से जीवन में कोई पाप नहीं किया! नहीं किया।''

वह उत्तेजित होकर बोल रही थी। दूसरी भिक्षुणियाँ वहाँ आ पहुँचीं। भिक्षु ने उनसे कहा—''इन्हें भीतर लिवा जाओ।''

इरावती और अन्य भिक्षुणियाँ भीतर चली गईं। भिक्षु वहीं खड़ा रहा, वह किसी की प्रतीक्षा कर रहा था। महास्थविर धीरे-धीरे टहलते हुए उसी स्थान पर आये। भिक्षु के साथ ही वे आगे बढ़े। भिक्षु विनय से कहने लगा—''आर्य भिक्षुणी-विहार की दशा शोचनीय है। किसी दिन संघ को ही यह ले डूबेगा। अभी मैंने देखा कि एक पाखण्ड वहीं खड़ा होकर इरावती नाम की भिक्षुणी को अपने मत का निन्दनीय उपदेश दे रहा था। और वह भी साग्रह सुन रही थी।''

''हूँ और भी वहाँ कोई था?''

''नहीं, वह अकेली थी।''

महास्थविर कुछ सोचने लगे। उनके मन में धर्म-महामात्र वाली बात घूमने लगी। इरावती पर पहला अभियोग लगाया जा चुका था। धर्म-महामात्र के संकेत पर उसे संघ से प्रवाजनीय दंड की व्यवस्था होने जा रही थी। फिर उसने यह उपद्रव किया। महास्थविर धर्म के अनुशासन में उतने प्रयत्नशील नहीं थे, जितने संघ की सुव्यवस्था में। राज अनुग्रह छोड़ने के लिए वे प्रस्तुत न थे। उन्होंने कहा—''तुम अभी जाओ, संघस्थविरा से कहो कि 'महास्थविर का आदेश है...' नहीं...ठहरो, तुम इरावती के साथ उन्हें भी यहीं बुला लो, मैं यहीं खड़ा हूँ।''

भिक्षु ने द्वार पर जाकर घंटा बजाया। भिक्षुणी ने आकर पूछा—"क्या है आर्य ?"

"संघ-स्थविरा के साथ इरावती को भेजो। महास्थविर खड़े हैं।"

भिक्षुणी भीतर चली गई। साथ में इरावती और एक वृद्धा भिक्षुणी को लेकर आई। महास्थविर की सबने वन्दना की।

"मैं यही पूछने आया हूँ कि क्या अनुशासन में भी भिक्षुणी-विहार स्वतंत्र होना चाहता है ? इरावती ने वही अपराध आज फिर किया है ?"

"हाँ, मैं एक तीर्थंक से बातें कर रही थी।"

"विनय भंग करके न ?"

"मैं नहीं कह सकती आर्य !"

"क्या तुम्हारे लिए यह अच्छा नहीं है कि तुम स्वयं विहार छोड़ कर चली जाओ !" —महास्थविर ने कहा, पर रुकते हुए।

"नहीं आर्य ! यह सुधर जायगी। फिर अपने को सँभाल लेगी। इसकी जैसी विनय की पंडिता और शील देने वाली दूसरी यहाँ कोई भिक्षुणी नहीं है।' —वृद्धा ने कहा।

"परन्तु मैं नहीं सुधर सकती। आर्या ! मुझे क्षमा कीजिए, मेरे लिए निर्वासन ही उचित है। तो क्या मैं जा सकती हूँ ?" —इरावती ने कहा।

"अरे भगिनी ! तू बावली हो गई है ! कहाँ जायगी ?"

"कही भी, इस दिवालोक में घूमते-घूमते सन्ध्या तक कहीं-न कहीं शरण मिल ही जायगी। मैं भी देख लूं कि इस विश्व में, मुझे खड़ी होने के लिए कहीं हाथ भर भूमि है कि नहीं। ऊपर तारा या मेघों की छाया मिलती है कि नहीं ! आर्ये ! मिलेगी ! अवश्य मिलेगी। तो मैं जाती हूँ"—कहकर उसने एक बार झुककर प्रणाम किया और चल पड़ी।

महास्थविर ने दीर्घ निश्वास लेकर कहा—"तथागत-व्यवस्था बिगड़ने के लिए जैसे प्रस्तुत है। क्या उन्होंने जो कहा था कि स्त्रियों को संघ में लेने से केवल ५०० बरस धर्म चलेगा, वहीं सत्य होने जा रहा है, तो फिर क्या करूँ मैं। स्थविरा प्रणाम करके विहार में लौट गई। उसे जैसे कोई भयानक रोग हो गया था। वह लड़खड़ाती भीतर चली गई। और महास्थविर ने कहा—

"तुम जाओ, धर्म-महामात्र को सूचना दो कि इरावती विहार से चली गई।"

भिक्षु चला गया और महास्थविर उल्टे विहार की ओर लौटे। इरावती सचमुच बावली थी। उसे अभी आनन्द का संदेश मिल चुका था। किन्तु जन्म

की दुखिया इरावती के लिए वह जैसे सुन्दर स्वप्न था। वह चली जा रही थी।

ठीक उसी घटना के बाद, घोड़े पर चढ़ा हुआ, उद्विग्न भाव से अग्निमित्र आकर खड़ा हुआ। उसका अश्व सहसा रोके जाने से, कुछ अधिक चंचल होकर पृथ्वी कुरेदने लगा। वहाँ कोई दिखाई न पड़ा। द्वार बन्द था। घबराहट में अग्निमित्र को कोई उपाय न सूझता था। सूर्य कुछ तीव्र हो चले थे। अकस्मात् द्वार खुला और भिक्षुणी दिखलाई पड़ी। अग्निमित्र ने पूछा—"क्या यहाँ इरावती नाम की कोई भिक्षुणी है ? कृपया मुझे बताइए।"

वह अभी ही इरावती वाली घटना देख चुकी थी। उसने जैसे घृणा के कहा —"परन्तु अब नहीं है !"

"नहीं है ?"

"हाँ, विनय के नियमों का उल्लंघन करने के कारण उसे संघ से निकाल दिया गया है।"

"आर्ये ! क्या बता सकती हो वह कहाँ गई ?"

"नहीं, वह इधर सामने चली जा रही थी। अभी अधिक विलम्ब तो नहीं हुआ"—कहती हुई वह किसी काम से दूसरी ओर चली गई।

प्रबल वेग से उसने घोड़े को दौड़ाया। वह अनिश्चित रूप से इरावती की खोज में घूम रहा था। शोण और गंगा के किनारों की भी परिक्रमा लगा लेने पर उसे इरावती न मिली। अग्निमित्र उससे पूछ लेना चाहता था कि 'इरावती ! तुम अपना हृदय न बदल सकोगी ?' किन्तु वह मिली नहीं और अश्व बुरी तरह पसीने से लथपथ हो रहा था। इस अवस्था में जब वह एक स्थान पर आकर रुका तो देखा कि वह कुक्कुटाराम के भिक्षु-विहार के सामने खड़ा है। घोड़े से उतर कर द्वार के समीप एक विस्तृत शिला पर विश्राम लेने के लिए बैठ गया। सामने सायंकाल के सूर्य की पीली किरणें गेरू से पुती हुई विहार की प्राचीर पर पड़ रही थीं। कुक्कुटाराम का विस्तृत द्वार खुला था। अग्निमित्र के देखते-देखते पीली किरणें लाल हो चलीं, अब उसने सोचा, "क्या करूँ ? महास्थविर से मिलकर पूछने पर कोई आपत्ति तो नहीं खड़ी होगी।" इतने में एक ध्यानमग्न भिक्षु नीचे सिर किये, सौम्यमुद्रा से उसी के पास ले जाने लगा। अग्निमित्र क्रोध से जल रहा था। उसने पूछा—

"क्या तुम इसी कुक्कुटाराम के स्थविर हो !"—उसके स्वर में तनिक भी नम्रता न थी।

"उपासक ! शान्त हो, इतना अविनय का प्रदर्शन क्यों ?"

"शान्त ! शीतल मृत्यु की-सी शून्यता, और उसका वाग्जाल से भरा विज्ञापन मैं बहुत सुन चुका हूँ। मैं जो पूछ रहा हूँ, उसे बताओ।"

"आओ उपासक ! तुम बैठ कर अपने मन को निरुद्वेग बना लो ! मैं तुम्हें निर्वाण का सन्देश सुनाऊँगा।"

"मैं निर्वाण में विश्वास नहीं करता।"

"ठीक है, यौवन-काल में तुम निर्वाण को व्यर्थ की वस्तु समझ सकते हो; परन्तु वह चरम लक्ष्य है युवक !"

"ठहरो भिक्षु, हम पुनर्जन्मवादी हैं। निर्वाण यदि मानव-जीवन के लिए आवश्यक ही होगा, तो उसे किसी अगले जन्म में खोज लूंगा ? जब जीवन व्यर्थ सिद्ध हो जायगा। ओह ! तुम्हारे इस कुहर में मनुष्य अपने जीवन को भी नहीं प्राप्त कर रहा है। न जाने कब इस कुक्कुटाराम की प्राचीर गिरेगी और वन्दिनी मानवता मुक्त होगी।"

"शान्त हो, तुम कितने पापमति हो ?"

"भिक्षु ! तुम्हारा पुण्य न जाने कब धोखे में पाप बन गया है। मानव-जीवन की चैतन्य ज्वाला की उपयोगिता निर्वाण में बुझ जाने में नहीं है।" अग्निमित्र ने व्यंग से हँसकर कहा। वह घोड़े पर चढ़ने के लिए उसकी ओर बढ़ा और भिक्षु ने मन-ही-मन सोचा—"क्या यह कोई राजकर्मचारी तो नहीं है ?" वही धर्म-महामात्र को इरावती को निकालने का समाचार देकर आया था। तब उसने कहा—"यदि स्थविर से मिलना आवश्यक हो, तो तुम भीतर जा सकते हो।"

किन्तु अग्निमित्र उत्तेजित, क्षुब्ध और आहत-सा हो रहा था। उसने घोड़े पर बैठ कर एँड़ लगाई। वह गंगाधर मन्दिर की ओर चल पड़ा।

नगर के प्रान्त कुंजों में से साँय-साँय का शब्द निकलने लगा था। अग्निमित्र धीरे-धीरे चला जा रहा था। निर्जीव-सा वह जब मन्दिर के समीप पहुँचा, तब उसने देखा कि कालिन्दी परिचारिका-वेश में खड़ी है। उसका मुँह गंगा की ओर था। किसी भावना में तल्लीन-सी वह चुपचाप गंगा की धारा को देख रही थी। उस प्रवाह पर सन्ध्या अपनी गम्भीर छाया डाल रही थी। फिर भी प्रगतिशील जलपुञ्ज कूलों की हरियाली अपने वक्षस्थल पर आन्दोलित करता हुआ, तट के विरल शब्दों को प्रतिध्वनित करता चला जा रहा था। अग्निमित्र भी उसी एकान्त चित्र को बिगड़ने देना नहीं चाहता था। वह धीरे-धीरे अश्व से उतर कर सभामण्डप के समीप पहुँचा। कालिन्दी की तन्मयता भंग न हुई। फिर न जाने क्या हुआ कि उसने अपने विचारों का सहसा अन्त कर देना ही उचित

समझा। कालिन्दी के मुँह से निकला—"हाँ, वह इरावती से ही प्रेम करता है, तब ? और वह भी तो...नहीं अग्निमित्र को मुझसे कोई छीन नहीं सकता।" सहसा वह घूम पड़ी। देखा तो अग्निमित्र उदास और थका-सा उसी के पीछे बैठा था।

"अरे तुम आ गये ?

"हाँ कालिन्दी !"

"इरावती का पता नहीं लगा न ?"

"यह तुमसे किसने कहा ?"

"वही जो सब बातें मुझे बता जाता है। मेरा गुप्तचर !"—कहकर वह मुस्कुरा उठी।

"तब तो इरावती का पता तुमको अवश्य मालूम होगा।"—अग्निमित्र ने कुछ व्यंग से कहा।

"हो भी सकता है ! परन्तु क्या मैं तुम्हें बता दूंगी ?"

"तुम मुझे अवश्य बता दोगी, ऐसी निर्दय तुम नहीं हो !"

"वाह रे ! तुम्हारा विश्वास !—कह कर वह गंगा के किनारे की ओर चली और धीरे-धीरे नीचे उतरने लगी। अग्नि भी उठा। नीचे अन्धकार घना हो रहा था। वह भी कालिन्दी के पीछे चला—जल के समीप एक पत्थर पर कालिन्दी बैठ गई। उसने अग्निमित्र से कहा—"आओ, बहुत थके हो, बैठो।"

अग्निमित्र समीप ही बैठ गया। कुछ काल तक दोनों ही चुप रहे। कालिन्दी उँगली से जल की धारा काट रही थी, किन्तु वह कटती थी ? हाँ उँगली ही शीतल जल से चारों ओर घिरी रही। उसने कहा—

"तो आज उसका उत्तर मुझे दोगे न ?"

"दूंगा।"

"तो फिर कहो न ?"

"बृहस्पति का विरोध करने में, मैं तुम्हारा सहायक हूँ। उसके अत्याचार से..."

"इरावती पर जो उसने किया है न ?"—कहकर कालिन्दी फिर कुछ सोचने लगी।

"और मुझ पर नहीं ?"

"तुम तो मगध के महानायक आज ही बने हो !"

"हाँ अश्वारोही सेना का मैं प्रधान हूँ। किन्तु...नहीं, वह पिता की आज्ञा थी और तुम्हारा अनुरोध !"

"मेरा अनुरोध ?"

"और नहीं तो क्या ?"

"तब तुम मेरे अनुरोध को इतना मानने लगे ! किन्तु अग्निमित्र ! मैं तुम्हारी सेना की सहायता नहीं चाहती । मैं तुम्हें...केवल तुम्हारी सहायता इस संसार के सुख-दुख में चाहती हूँ । कालिन्दी को और कुछ नहीं चाहिए । देखो, मगध का साम्राज्य तुम्हारा होगा और तुम मेरे, केवल मेरे हो जाओ । मैं जीवन में निष्ठुर कल्पना लेकर ही जीवित हो रही थी, किन्तु तुमने उसमें न जाने कहाँ से माधुर्य की पुट लगा कर उसे कैसा कुछ बना दिया है ।"

"वह भ्रम भी हो सकता है कालिन्दी ! मुझमें जिसने मिठास भर दी थी, वही न जाने क्या हो गई ! निष्ठुर ! क्रूर । किन्तु जाने दो, उन सब बातों का अभी अवसर नहीं; फिर जब कभी वह क्षण आवेगा तो देखा जायगा । अभी तो हम लोग एक कर्तव्य के लिए तत्पर सहकारी ही हो सकते हैं । चलो, तुमको जो निधि का भेद नहीं मालूम है, वह भी बता दूँ ।"

अग्निमित्र उठा और दीर्घ श्वास लेकर कालिन्द्री भी उठ खड़ी हुई । दोनों धीरे-धीरे नन्दी के पास आये । अग्निमित्र ने षट्कोण के बिंदु पर अँगूठा रख कर दबाया । पास की ही एक पटिया झूल पड़ी । अग्निमित्र ने कहा—"लो, यही निधि का गुप्त द्वार है । अब तुमको जाना हो तो भीतर जाओ ।"

"नहीं, इसे बन्द कर दो; अभी नहीं, फिर कभी साथ ही चलूंगी । देखो, कोई इधर ही आ रहा ।" कालिन्दी ने धीरे से कहा । अग्निमित्र ने फिर खटका दबाया, पटिया अपने स्थान पर आ लगी । फिर दोनों सशंक आगन्तुक की ओर देखने लगे । कालिन्दी के संकेत करने पर अग्निमित्र एक ओर छिप गया और आगन्तुक ने समीप आकर चिल्लाकर कहा—"है, यहीं है ।" साथ ही कई सैनिक और आ गये । कालिन्दी तनकर खड़ी हो गई और तीखे स्वर से पूछा—

"तुम लोग किसको खोजते हो ?"

"तुम्हीं को ।"

"मुझको, गंगाधर की परिचारिका कालिन्दी को । भला क्यों, मैं सुनूँ भी ?"

"अरे ! तुम इस मंदिर की परिचारिका हो ।"

"और नहीं तो क्या हूँ ?"

"यहाँ कोई भिक्षुणी नहीं है ?"

"नहीं, सामने कुटी में मेरी रुग्णा बहन है । और कोई नहीं ।"

"उल्का ले आओ ।" पहले आगन्तुक ने कहा । देखते-देखते कई सैनिकों ने

सामने की कोठरी को घेर लिया। कालिन्दी क्षण-भर के लिए चञ्चल हुई। उसने अग्नि से जाकर कहा—"अब क्या होगा?"

"क्यों?"

"उसी में इरावती है?"

"इरावती!" रोष और घृणा से अग्निमित्र ने उत्तेजित होकर पूछा। फिर देखा, तो एक उल्काधारी कोठरी में घुसना ही चाहता है। अग्निमित्र व्याघ्र की तरह एक छलांग मार कर उसके सिर पर जा पहुँचा। उल्का बुझ गई।

घोर अंधकार छा गया। अग्निमित्र ने अब तक दो सैनिकों को घायल कर दिया था। उसकी रण-गर्जना भीषण होने लगी। ज्यों-ज्यों शत्रु पक्ष जुटकर आता, घायल होकर उसे पीछे हटना पड़ता। कालिन्दी बड़ी विपत्ति में पड़ गई। वह सोचने लगी, "अब क्या होगा?" अकस्मात् उसके स्वस्तिक-दल के दो व्यक्ति आ गये। कालिन्दी ने तीव्र कण्ठ से पुकारा—"सहायता कीजिए। ये लोग न जाने कहाँ से आकर मन्दिर के समीप रक्तपात कर रहे हैं।"

उल्का जल उठी। अग्निमित्र ने देखा कि वह बुरी तरह घिर गया है। और किवाड़ खोलकर इरावती खड़ी है। अग्निमित्र ने क्रोध से कहा।

"इरावती! भीतर हटो।"

"नहीं, मेरे लिए रक्तपात की आवश्यकता नहीं; मैं चलती हूँ।" इरावती ने दृढ़ कण्ठ से कहा।

अग्निमित्र को घाव तो लग चुके थे; तिस पर यह मानसिक उथल-पुथल! वह विमूढ़-सा कुछ सोचने लगा। सहसा उसके सिर पर एक कठोर आघात हुआ और वह मूर्च्छित होकर गिर पड़ा। कालिन्दी ने क्षण-भर विचार किया। उसने अपने दल वालों को रोक कर कहा—"ठहरो! इरावती को ले जाने दो! हम लोगों को क्या?"

आक्रमणकारियों ने इरावती को पकड़ लिया और अपने घायल सैनिकों को उठाकर वहाँ से प्रयाण किया। अब कालिन्दी आहत अग्निमित्र के पास आई, और पुजारीवाला कोठरी में उसे ले जाकर सुला दिया। उपचार करने लगी। सिर में चोट गहरी न थी। घावों पर पट्टी बाँध दी गई। दूध लाने के लिए कहकर वह स्वयं पंखा झलने लगी।

स्वस्तिक-दल के दूसरे व्यक्ति ने कहा—"यह आकस्मिक घटना थी कि हम लोग पहुँच गये। मुझे सन्देह था कि कदाचित् यहीं आपसे भेंट हो जाय। एक समाचार कहना आवश्यक था।

"क्या?"

"राजगृह के समीप खारवेल आ गया है और गंगा के किनारे शोण के उस पार कान्यकुब्ज से प्रत्यावर्तन करके आने वाली सेना का अग्र भाग पहुँच गया है।"

"रोहिताश्व जाने वाले अश्वारोही कहाँ हैं ?"

"शोण के इस तट पर, नावों की प्रतीक्षा है सामग्री के लिए।"

कालिन्दी कुछ चिन्तित होकर बोली—"मैं जाती हूँ, अग्निमित्र को शिविका पर अश्वारोही-सेना के शिविर में ले जाओ। कहना कि इन्हें मूर्च्छित पाकर हम लोग उठा लाये हैं। फिर वहीं से चल देना और मुझसे भेंट करना।

कुसुमपुर के नागरिकों में भारी हलचल थी। प्रधानतः धनी लोगों और उनसे पोषित साधुओं का समूह व्याकुल था। राजा की धर्म-विजय को सभी लोग आदर की दृष्टि से देखते थे, अनुकरण भी करने थे। संघों के वाद-विवाद, उनके निमंत्रणों की धूम पाटलिपुत्र की व्यावहारिक मर्यादा थी; किन्तु कुसुम-कोमला, दार्शनिकों की कुसुमपुरी दोनों ओर से आक्रान्त थी। फिर अपनी सुविधा, प्राण-रक्षा के लिए चिन्तित होना स्वाभाविक था, विशेषतः इस संसार में निश्चिन्त, परलोक-विचाररत, मनुष्यों को। पश्चिम में जाना तो असम्भव था। उधर यवनों की सेना थी। हाँ, पूर्व में दक्षिणी मगध की पहाड़ियाँ सुरक्षित थीं। प्रायः लोग उधर ही भाग रहे थे। शोण से चौथाई योजन की दूरी पर पाटलिपुत्र के दक्षिण एक विशाल झील थी, जिसमें शोण का एक सोता आकर मिल गया था। इसी त्रिभुज में अश्वारोही सेना का शिविर था। सेनापति का पद भी पुष्यमित्र को मिला था। उस दूरदर्शी सैनिक ने, नगर के बाहर अश्वारोहियों का शिविर इसी उद्देश्य से रक्खा था कि समय आने पर अश्वारोही दोनों ओर द्रुत गति से जा सकते थे। राजगृह का पथ तो उनके अधिकार में था ही, जल घट जाने से शोण संगम तक भी अश्वारोही सेना पहुँच सकती थी।

उस झील में कमलों की भरमार थी। जल स्वच्छा था। नगर से एक पथ उसी के किनारे-किनारे दक्षिण चला गया था। संध्या समीप थी। शिविरश्रेणी में अभी तक दीपक नहीं जले थे। पथ से दो पथिक जा रहे थे। एक स्थूलकाय किन्तु नाटा था। दूसरा लम्बा-चौड़ा परन्तु सुकुमार था। दोनों थके थे, परन्तु मोटे ने साहस बढ़ाते हुए कहा—"अब तो वही कुसुमपुर है।" दूसरा उसके इस कहने पर तो बैठ ही गया। "हाँ जी, अब तो आ ही पहुँचे हैं, तनिक विश्राम कर लें।"

"अरे नहीं चन्दन! सब परिश्रम नष्ट हो जायगा। इतने दिनों का किया-धरा सब मिट्टी हो जायगा। अब क्या है? थोड़ा-सा साहस और करो"—कहता हुआ वह दयनीय दृष्टि से उसे देखने लगा।

चन्दन ने अपने पैर उठा कर उसे दिखाते हुए कहा—"देखते नहीं; पैरों के

छाले घरवाली की तरह गाल फुलाए हैं। न! मैं तो इसी में से कमलगट्टे खा कर यही जल पी लूंगा। तुम मेरी चिन्ता छोड़ो सेठजी! जाओ अपने घर चले जाओ। तुम्हें यहाँ तक पहुँचा दिया। बस, वही सामने कुसुमपुर है। मैं शपथ-पूर्वक कहूँगा कि सेठ धनदत्त के साथ मुझे नित्य पतला यवागू मिलता रहा। कभी अजीर्ण नहीं हुआ। बरसों कभी रोगी नहीं हुआ। पथ्य, केवल पथ्य मिलता रहा। समझे आप!"

"किन्तु इतना रत्न लेकर अकेले उतनी दूर जा कैसे सकूंगा भाई! जब तुम इतनी दूर आये तब थोड़ा और सही। एँ बस!"

किन्तु चन्दन तो लम्बा हो गया। धनदत्त बड़ी दुश्चिन्ता में पड़ा। नगर सामने दिखलाई पड़ रहा है। किन्तु संध्या हो चली है। उसके पास रत्नों का ढेर! कोई भी साथी नहीं। वह चन्दन पर चिढ़ने लगा था, इतने दिन खिलाया-पिलाया, साथ रक्खा और यहाँ आकर फैल गया। उधर चन्दन सेठजी से ऊब गया था। नगर की ओर से एक युवक आता हुआ दिखाई पड़ा। धनदत्त ने उसे देखकर पूछा—"सुनो तो, तुम किधर जा रहे हो?"

"मैं...मैं...मैं" उसके मुंह से अधिक कुछ न निकल सका। श्रेष्ठी धनदत्त प्राचीन व्यापारी, देश-विदेश देखा-सुना था। उन्होंने डाँट कर कहा—"में...यें भेड़ों की तरह न करो। मैं पूछता हूँ, तुम किधर!"

"पूछो मत! महा उपद्रव!"

"अरे कुछ कहो भी।"

"देखते नहीं उधर!"

धनदत्त ने उसके संकेत की ओर चौंक कर देखा—शिविरों की श्रेणी! उसने पूछा—"यह सेना कैसी?"

"पाटलिपुत्र पर दोनों ओर से आक्रमण होने वाला है। इसी से मेरी स्वामिनी बाहर चली गई हैं।"

"तो तुम बेकार हो? मैं तुमको अपनी सेवा में नियुक्त कर लूंगा। चलो, मुझे मेरे घर पर पहुँचा दो।"

"वाह! यह अच्छी रही। मैं तो हिंसा से डर कर इतनी बड़ी अपनी स्वामिनी की निधि छोड़कर चला आया। अब फिर चलूं, मारकाट करने!"

"निधि कहा? कैसी?"

"अजी तुमने सार्थवाह धनदत्त का नाम कहाँ से सुना होगा? फिर पूरी कथा तुमको सुनाने बैठूं, इतना अवसर मुझे नहीं।"

"तो धनदत्त! हाँ, हाँ, मुझसे आंध्र देश में भेंट हुई थी। मैं तो वहीं उनके

घर जा रहा हूँ। हुआ क्या ?"—कहकर उत्तर की प्रतीक्षा में व्याकुल धनदत्त, उसे देखने लगा।

"धनदत्त के तीन भूगर्भ सोने से भरे हैं। मैं उस पर प्रहरी था, किन्तु जब स्वामिनी मणिमाला ही अपने एक विश्वासी मित्र के साथ बाहर चली गईं तो फिर मैं प्राण देने के लिए क्यों रहूँ ? सुना है, यवन लोग राज्य करने नहीं आ रहे हैं, उन्हें तो कुसुमपुर को लूटना है। फिर मैं क्यों यहाँ रहूँ ? जाता हूँ। गाँव में बैठकर धर्मसूत्र का पाठ करूँगा"—कह कर युवक चलने को उद्यत हुआ, तो उसे रोक कर धनदत्त ने कहा—

"भला उसका विश्वासी मित्र कौन है, यह तो बताते जाओ।"

"एक आजीवक, जिसे स्वयं धनदत्त ने भेजा था। वह बात-बात में कहा करता है 'मनुष्य कुछ कर नहीं सकता।' बस उसी के साथ मणिमाला अपना ऊपरी विभव लेकर चली गई। अच्छा मुझे छुट्टी दो।"

"सुनो जी तुम मिथ्या कह रहे हो। धनदत्त ऐसा मूर्ख नहीं जो अपनी स्त्री के लिए एक विश्वासी मित्र भेज दे। वह तो कोई राक्षस होगा जी, मणिमाला-जैसी साध्वी को बहका ले गया है।"

"ना, ना, ना, वह तपस्वी ! तीर्थक ! बड़ी-बड़ी जटा ! त्यागी ! भला वह पिशाच होगा !" कहता हुआ युवक चला गया।

धनदत्त ने पूरे बल से झकझोर कर चन्दन से कहा।—"चन्दन ! तू अभी सोता ही रहेगा ? अरे चल भी घर की क्या दशा है देखूँ तो ?" चन्दन आँख खोल कर बैठ गया। उसने कहा—"मुझे तो नींद आ रही है। वह सामने चैत्य है, वहीं जा कर सो रहूँ। कल प्रभात में, मंगल-वेला में घर पहुँच जाऊँगा।"

इतने में एक आजीवक उसी स्थान पर आकर चन्दन से पूछने लगा—"धर्मशाला कितनी दूर है, उपासक !"

धनदत्त कुढ़ रहा था। उसने कहा—"धर्मशाला पूछते हैं आप ? समूचा मगध धर्मशाला ही तो है। जहाँ चाहिए रहिए। पूछना क्या है; यही सुन कर तो सुदूर यवन-देश से बहुत-से अतिथि आ गये हैं।"

"मैं आपकी बात समझ नहीं सका।"

"आश्चर्य ! इतनी छोटी-सी बात और इस दार्शनिक मस्तिष्क में नहीं आई।"

"नहीं भी आ सकती है। होगी वैसी बात ही, मुझे तो धर्मशाला चाहिए, न होगा तो इसी सामने वाले चैत्य-वृक्ष के नीचे पड़ रहूँगा।"

"पड़ रहिए। मैं पूछता हूँ कि मगध ही ऐसा अभागा देश है क्या, जहाँ

दरिद्र दार्शनिक उत्पन्न होते हैं ? जिसे कपड़ा नहीं मिला उसने सोच लिया कि माता के गर्भ से क्या कपड़े पहन कर आये थे ? बस एक सिद्धान्त बन गया, नंगे घूमने लगे। कभी धोखे से कोई मच्छर मुंह में उन्हीं की श्वासों से खिचकर चला गया, बस प्राणि-हिंसा ही हो गई। मुंह पर कपड़े बाँध कर चलने लगे। गड़ गया काँटा—ढोंग बनाया कि चीटियाँ दबती हैं। फिर तो हाथ में झाड़ू वाले दार्शनिक ! शिर नहीं घुटा—जटाधारी अस्वस्थ हुए, पानी गरम करके पीने लगे। और ये सब सिद्धान्त बन गये। वाह रे मगध !'' धनदत्त का स्वर ऊँचा होने लगा था। उसे मणिमाला और आजीवक वाली बात स्मरण हो रही थी। सामने था आजीवक ! चन्दन को झपकी आ रही थी। सेठजी बक रहे थे। भीतर क्रोध आ रहा था मणिमाला पर। धैर्य से उसने कहा—''तो फिर चलिये उसी चैत्य पर विश्राम किया जाय ! चन्दन थक गया है, इसे भी लिवा ले चलें—''कह कर धनदत्त ने चन्दन का हाथ पकड़ा। वह उठ खड़ा हुआ। तीनों चैत्य-वृक्ष के नीचे पहुँचे। पहले तो चैत्य-वन्दना की गई, फिर एक ओर वृक्ष के नीचे आसन लगाने का डौल होने लगा।

धनदत्त ने पूछा—''तो आप धर्मशाला में न जाइएगा ?''

''अभी तो नहीं जा रहा हूँ। आगे जाने नियति ! लाखों योनियों में भ्रमण कराते-कराते जैसे यहाँ तक ले आई है, वैसे और भी जहाँ जाना होगा...''

''तो अभी जाना है आपको ! अच्छा बैठिए। कुछ अँधेरा है, तो भी पास ही जल है। मोदक जो बचा है, हम तीनों बाँट कर खा लें। रात्रि में फिर देखा जायगा।'' धनदत्त की उदारता उबल उठी थी। उसे साथी चाहिए, नगर का बाहरी प्रान्त ! पास में रत्न और मणि ! चन्दन भी चौंक उठा। धनदत्त ने पात्र में जल लाने के लिए उससे कहा। उसने कहा, ''मुझे नींद आ रही है, ऐसा न हो कि वहाँ जाकर सो जाऊँ, सो मेरा मोदक दे दीजिए। खाता हुआ वहाँ तक जाऊँगा, अपनी अंजलि से जल पी लूंगा, फिर आप लोगों के लिए जल ला सकूंगा ! इस नींद को भगाने की दूसरी औषधि नहीं।''

धनदत्त ने वही व्यवस्था की, किसी तरह जलपान करके वे तीनों उस चैत्य-वृक्ष के नीचे चुपचाप बैठे। आकाश में नक्षत्रों का उदय होने लगा। अकस्मात् धनदत्त ने कहा—आजीवक ! हम लोग तीनों मनुष्य बारी-बारी से सोयेंगे। क्यों न ! ठीक रहा ?''

''नहीं, मैं तो नियतिवादी हूँ। जब सोना होगा, सो जाऊँगा। तब तुम जगा ही नहीं सकते, अभी तो मुझे नींद आने में कुछ विलम्ब है।'' धनदत्त ने मन में सोचा, ''अभी-अभी इसने लड्डू खाया है। विश्वासघात तो नहीं करेगा,

और करेगा तो अभी नहीं, ठहर कर। तब से एक नींद ले लूं, फिर तो रात भर जागता रहूँगा !" धनदत्त सोने लगा; और चन्दन तो पहले से ही।

आजीवक ने सोचा—"कितनी दुश्चिन्ताएँ हैं इसे।" टहलने लगा। रात घनी होती जा रही थी। अब पथिकों का आना-जाना बन्द हो गया। किन्तु उसे सन्देह हुआ, कुछ मनुष्यों के उधर ही आने का शब्द क्रमशः समीप होने लगा। आजीवक भी वहीं बैठ गया। कुछ समय तक वह चुप रहा, फिर तो शिविका-वाहकों की 'हूँ हूँ' स्पष्ट सुनाई पड़ने लगी। वाहकों ने शिविका चैत्य-वृक्ष की छाया में रख दी। वे विश्राम करने लगे। साथ के दो सैनिक भी वहीं बैठ गये। उन्होंने देखा तीन व्यक्ति पहले से वहीं पर हैं। सैनिक ने ऊँघते हुए चन्दन को हिला कर पूछा—"कौन हो जी तुम ?"

"मैं, राजगृह का राजवैद्य !" चन्दन स्वप्न से चौंक उठा था।

"वैद्य ! तब तनिक इस रोगी की परीक्षा तो करो"—कह कर उसने चन्दन को शिविका के सामीप ला खड़ा किया। चन्दन था तो चतुर ! जो सैनिक-वेश देखा तो मन में डरा भी फिर उसने सोचा—"इनको मूर्ख बनाते क्या लगता है।" लगा मूर्च्छित व्यक्ति की नाड़ी देखने। सैनिकों से पूछा—"विलम्ब हुआ इन्हें मूर्च्छित हुए न ?"

"हाँ।"

"ठीक है, पूर्ण विलम्बिका है। अतड़ियों में विद्रधि है और नाड़ियों में श्लीपद।"

अकस्मात् एक अट्टहास हुआ। धनदत्त तो गिरते-गिरते बचा, परन्तु भयभीत तो सभी हो गये। धीरे-धीरे एक बलवान् ब्रह्मचारी आकर उनके सामने खड़ा हो गया। ब्रह्मचारी ने पूछा "वैद्यराज ! नाड़ियों में श्लीपद !"

"देखिए उनके पैर भारी हैं। धीरे-धीरे चल रही है।" चतुर चन्दन ने कहा।

"वाह, तुम्हारे जैसे वैद्य तो मगध में ही मिलेंगे ! देखूं तो"—कह कर ब्रह्मचारी ने रोगी की परीक्षा की। उसने ठहर कर पूछा—"क्या इसके शरीर से, रक्त बहुत-सा बहा है ?"

"हाँ, युद्ध में घायल हुए हैं।" साथ के सैनिक ने कहा।

"ठीक है, तुम लोग आलोक का प्रबंध करो, मैं पास ही जड़ी लेने जाता हूँ—कहकर ब्रह्मचारी तो एक ओर चला गया। धनदत्त ने टटोल कर एक तेल से भीगी वृत्तिका निकाली। पथरी से आग झाड़ कर जला दी गई। ब्रह्मचारी

लौट आया, उसके हाथ में बूटी थी। धनदत्त ने पात्र उसके सामने रख दिया। ब्रह्मचारी दोनों बलिष्ठ हाथों से मसल कर उसमें से स्वरस निकालने लगा।

रोगी के समीप आकर उसने धीरे-धीरे स्वरस उसके मुख में टपकाना आरम्भ किया। अमृत-सी यह बूटी थी। पेट में जाते ही रोगी ने आँख खोल दी। उसने पूछा—मैं कहाँ हूँ ?''

''मित्रों में, घबराओ मत !'' ब्रह्मचारी ने कहा। उस स्वर को जैसे रोगी ने पहचाना। वह टक लगा कर देखने लगा। सहसा उसके मुँह से निकला—

''गुरुदेव !''

''अग्निमित्र !''

''आर्य ! बन्दीगृह से निकलने पर आप की प्रतीक्षा नित्य करता था !'' अग्निमित्र ने गद्गद कण्ठ से कहा।

''शान्त हो, अवसर आने पर मैं स्वयं मिल लूंगा। अभी तो तुम शीघ्र ही शिविर में जाओ। लो यह गुटिका और मुँह में रख लो। तुम्हारा शैथिल्य नष्ट हो जायगा।'' फिर हँसते हुए चन्दन की ओर देखकर कहा—''ऐसे वैद्यों से सावधान रहना।''

चन्दन कुछ बोलना ही चाहता था कि एक बैलगाड़ी और साथ में शिविका भी उसी चैत्य-वृक्ष के नीचे आ पहुँची। शिविर में से एक स्त्री निकल कर आलोक के समीप आ गई। उसने कहा—''हम लोग निराश्रय हैं। क्या यहाँ रात बिता सकने की आज्ञा मिल जायगी ?'' अभी उसने बात भी पूरी न की थी कि धनदत्त दौड़कर उसके पास पहुँचा। यह चीत्कार कर उठा—''मणिमाला !''

''स्वामी !''—कह कर वह धनदत्त के पैरों से लिपट गई। किन्तु धनदत्त उसे फटकार कर कहा—''अविश्वासिनी ! दूर !''

''क्यों ?''

''मैंने सुना था कि तू एक आजीवक के साथ कहीं चली गई !''

''चली गई नहीं, चली आई कहिए। वह आजीवक भी साथ है; उन्हीं की रक्षा में तो मैं जीवित रह सकी।'' उसने गाड़ी की ओर देख कर पुकारा—

''आइए आर्य !''

गाड़ी से उतर कर एक आजीवक साधु आया। उसे देखते ही पहले आजीवक ने चिल्ला कर करा—''अरे मैं यह क्या देखता हूँ ? मेरे गुरुदेव !''

''धनदत्त ! मैंने तुम्हारा कुछ लिया नहीं; यह सब लो। मैं अपनी नियति का भोग भोगने आगे बढ़ता हूँ। आओ वत्स !'' कहता हुआ दूसरे आजीवक का

हाथ पकड़ कर वह चलता हुआ। अग्निमित्र के मुँह से सहसा निकला—"वे ही तो हैं, हाँ स्वस्तिक-दल के। इन्हें पकड़ो तो!"

साथ के दोनों सैनिकों ने उनका पीछा करने का अभिनय किया। वे चारों लम्बे हुए। उधर से उल्का का आलोक और टापों का शब्द समीप आ रहा था। चैत्य के नीचे एकत्र लोगों ने आश्चर्य से देखा कि अश्वारोही प्रहरियों-द्वारा वे चारों पकड़ कर वहीं लाये गये। किन्तु आजीवकों के सिर की जटा का अधिकांश सैनिक के हाथ में था। अग्निमित्र ने और भी आश्चर्य से देखा कि अश्वारोहियों का नेता उसका पिता सेनापति सामने खड़ा है।

अग्निमित्र ने उठकर पिता की वन्दना की, किन्तु रोष से पुष्यमित्र ने आशीर्वाद न देकर पूछा—"क्यों महानायक! यही शिविर का सैनिक कर्त्तव्य तुम कर रहे हो?"

"आर्य! मैं तो आहत होकर यहाँ तक शिविका में आया हूँ।" अग्निमित्र ने कहा।

"आहत! क्या कहीं, युद्ध?"

"नहीं, आकस्मिक आक्रमण!"

"किन्तु तुम ऐसे स्थान पर गये ही क्यों? क्या वहाँ सैनिक-चर नहीं जा सकते थे?"

"भूल हुई!" सिर नीचा कर अग्नि ने कहा। किन्तु सेनापति को संतोष न हुआ। उसने घूम कर देखा—एक भव्य आकृति वाला ब्रह्मचारी! पीछे धनदत्त और उसकी स्त्री!

"श्रेष्ठि? तुम कब आये? और यह सब क्या है?" सेनापति ने डाँट कर पूछा। धनदत्त ने कुल कथा सुना दी। तब ब्रह्मचारी ने कहा—"सेनापति! पाखण्ड छद्मवेशियों से तुम्हारी राजपुरी भर गई है। शत्रु दोनों ओर हैं, यदि तुम इन कटंकों का उपाय न करोगे तो विनाश में सन्देह नहीं।"

पुष्यमित्र सिर नीचा कर कुछ विचार कर कर रहे थे, फिर जब सामने देखा तो वह ब्रह्मचारी वहाँ नहीं था।

पुष्यमित्र ने सैनिक को आज्ञा दी—"चार अश्वारोही धनदत्त और उसकी स्त्री को सब सम्पत्ति के साथ जाकर उसके घर पहुँचा दें। और चार इन छद्मवेशियों को बन्दीगृह में ले जायँ। चन्दन यदि जाना चाहे तो धनदत्त के साथ जा सकता है। और तुम अग्नि? मेरे शिविर में चलो। शेष अश्वारोही मेरे पीछे रहेंगे! अग्नि, तुम एक घोड़े पर बैठ जाओ। बैठ सकते हो?"

"हाँ आर्य !"

कुछ ही क्षणों में सेनापति की आज्ञाएँ पालन की गईं। एक उल्काधारी अश्व से उतरकर आगे चला। अग्नि उस पर बैठकर पिता के साथ-साथ बातें करते-करते धीरे-धीरे शिविर की ओर अग्रसर हुआ।

मगध-नरेश की विशाल रंगशाला से सटा हुआ एक लता-गृह है, जिसमें क्रीड़ा-शैल से एक छोटा-सा झरना दिन-रात बहता रहता है। उसके दोनों किनारों पर छोटी-छोटी श्वेत प्रस्तर की शिलाएँ पड़ी हैं। इरावती उन्हीं में से एक पर बैठी हुई जल के कोमल प्रवाह को देख रही है। मध्याह्न का सूर्य प्रयत्न करके भी उस सघन पत्रावली में किरणों का प्रवेश नहीं करा सका है। हरित अंधकार से वह स्थान पूर्ण है। इरावती पर उसकी छाया अद्भुत रंग-चढ़ा रही है। वह ध्यान-मग्ना दोनों हाथों से अपने घुटनों को बाँधे चुपचाप बैठी है। सहसा वहाँ की छाया गम्भीर हो गई। दूर पर कुंज का द्वार जैसे अवरुद्ध हो गया; वह चौंककर उधर देखने लगी। बृहस्पतिमित्र मुस्कराते हुए भीतर आए। इरावती उठी नहीं और न उसने अभिवादन ही किया। उसकी दृष्टि ने पूछा—"तुम क्यों यहाँ आये ?"

"इरावती !"

"........."

"बोलना भी नहीं चाहती हो ? इतना रोष क्यों !"

"........."

"मैंने तुम्हें भिक्षुणी-विहार में भेजकर भूल की थी। तुम इसी कानन में रहने योग्य मयूरी हो।" बृहस्पति आ रहे थे।

"........."

"तो न बोलेगी ! इतना बड़ा अपराध मैंने किया है।" —कहते हुए सम्राट् उसके समीप आकर बैठ गये।

इरावती उठकर खड़ी हो गई। उसने कहा—"आप कौन हैं ?"

"मुझे नहीं जानती हो; यह अच्छी बात है। समझ लो, मैं कोई हूँ। पर हूँ अवश्य तुम्हारा प्रेम-भिखारी !"

"प्रेम के लिए हृदय सूख गया है ! मैंने इधर बरसों तुम्हारे विहार में संयम और शील की शिक्षा पाई है। मुझे यह सब अच्छा नहीं लगता। मैं जन्म की दरिद्र अकिंचना ! मेरे लिए यह सब विभव-विलास केवल कुतूहल उत्पन्न कर सकते हैं;

आकर्षण नहीं । मुझे क्षमा करो, हाँ यदि शक्ति हो तो कोई प्रबन्ध करो, मैं इस बन्दीगृह से छूट जाऊँ ।"

"तुम ऐसी बात न कहो । यह सब तुम्हारा ही है । तुम्हारी आराधना की वस्तु है, इरावती ! और मैं मगध का सम्राट् बृहस्पतिमित्र, तुम्हारा अनुचर हूँ ।"—कहकर उठते हुए उसने इरावती का हाथ पकड़ना चाहा, किन्तु वह झटके में दूर निकल गई । बृहस्पति भावातुर होकर उसके समीप पहुँचा । उन्माद जैसे उद्वेलित हो रहा था ! और इरावती ! वह तो चोट सहते-सहते कायरता से परे हो गई थी । उसने कहा—

"आप सम्राट् हैं ! तब भी मैं अपने को सुरक्षित नहीं समझती ! आपको नहीं मालूम कि मैं आरम्भ की देवदासी हूँ । फिर...ओह अंधकार की, शून्य की उपासिका भिक्षुणी ! मुझे काम सुख की प्रवंचना में फँसाना धर्म होगा ?"

"इरावती ! मैं अपने को समझ नहीं सका था । तुम्हारा नृत्य देखकर मैं उन्मत्त हो उठा था । मैंने समझा, यह कला नहीं, विष की बटिया है ! इसमें कितने ही मर जायँगे । किन्तु वह मेरा ढोंग था, पहले मैं ही मरा । और अब दूसरा उपाय नहीं । चारों ओर विपत्ति की आँधी है । राज्य पर दोनों ओर से आक्रमण ! पर मैं क्या क्षण-भर स्वस्थ रह कर वह सब सोच सकता हूँ । इरावती ! विहार में भेजकर भी मैं तुमको भूल नहीं सका हूँ । मेरे हृदय की ज्वाला तुम्हीं बुझा सकती हो । आओ सुन्दरी !" —कहकर वह कामातुर सम्राट् आलिंगन करने के लिए बढ़ा । चिल्लाकर इरावती पीछे हटी, गिरी और मूर्च्छित हो गई ।

ठीक उसी समय "क्या है ?" कहती हुई कालिन्दी वहाँ आकर खड़ी हो गई । कालिन्दी के चरणों में अलक्रक और नूपुर—राग और संगीत बिखेर रहे थे । काशी का बना, स्वर्ण-तारों से खचित नीला लहँगा, जिसके ऊपर मेखला की सतलड़ी विशृङ्खल हो रही थी । मणि-जटित, कंचुक-पट्ट उभड़े हुए वक्ष-स्थल पर पीछे बँधा था । मरकत का हार अपनी हरियाली की छाया उस कम्बु-कण्ठ पर डाल रहा था, जिसके दोनों ओर दो बड़े-बड़े मोती लटक रहे थे । अधरों पर ताम्बूल राग खिला पड़ता था । अपांग में नीलांजन की रेखा, घुँघराली वेणी के ऊपर एक महीन उत्तरीय ! एक हाथ में कुसुमस्तवक, दूसरा कुंज के द्वार पर । मादन चित्र ! सम्राट् जैसे अप्रतिभ हो रहे थे । 'यह रूप !' मेरे ही अन्तःपुर में कालिन्दी की दुर्बल काया उसके लावण्य में वृद्धि कर रही थी । वैदूर्य के कंकण से किरणें निकल रही थीं । कालिन्दी अपने नील वसन में आकाश में चाँदनी-सी

खिल रही थी। विच्छित्ति पूर्ण शृङ्गार कला की सृष्टि कर रहा था। उसने पूछा—

"आप कौन हैं ? यहाँ अन्तःपुर में ऊधम मचाने से क्या फल होगा आप जानते हैं ! और यह स्त्री ! अरे ! यह तो मूर्च्छित हो गई है।"—कहती हुई कालिन्दी मतवाली चाल से कुंजगृह की हरियाली को आन्दोलित करती हुई लता-गृह के भीतर निर्भयता से घुसी। बृहस्पतिमित्र फिर भी चुप ! उसे आश्चर्य हो रहा था कि यह कौन सुन्दरी है। कालिन्दी के एक-एक अंग को वह देख रहा था, परख रहा था। कालिन्दी जैसे इन बातों पर ध्यान ही नहीं कर रही थी। उसे तो इस समय इरावती को चैतन्य करने की धुन थी। झरने से जल लेकर उसने मुँह पर छींटे दिये। भय अधिक चोट कम होने से इरावती ने आँखें खोलीं इरावती ने समझा, बड़े अवसर पर महारानी आ गई हैं। उसकी रक्षा के लिए ! इरावती बैठ गयी थी। उसने सिर झुकाकर कहा—"रानी मेरी रक्षा करो।"

कालिन्दी सम्राट् की ओर देखकर मुस्कुरा उठी। वह सचमुच अन्तःपुर की अधीश्वरी का अभिनय करना चाहती थी। इरावती का हाथ पकड़कर उसने उठाया और सम्राट् पर व्यंग की मुसकान छोड़ती हुई वह बाहर हो गई। इरावती भी साथ में चली गई। विमूढ़-से सम्राट् वहीं बैठे रहे। पालतू पक्षियों की कोमल काकली से बीच-बीच में निस्तब्धता भंग हो जाती थी। परन्तु सम्राट् जैसे एक सपना देख रहे थे। इरावती ! और यह कौन ! दोनों सुन्दर चित्र ! एक के बाद दूसरे की बारी रहती, एक के हटते ही दूसरा उपस्थित हो जाता। फिर नूपुरों की झनकार ने सम्राट् को चौंका दिया। अब तो कालिन्दी फिर सामने थी। इस बार उसकी आँखों में वह चंचलता न थी। भोलापन का वह अभिनय था। उसने सम्राट् की ओर देखकर कहा—"आश्चर्य ! क्या तुम अभी यहीं अकड़े हो। मैंने तो समझा था कि तुम चले गये होंगे। कौन हो जी तुम ?"

"मैं हूँ कोई। पर तुम तो बताओ यहाँ कैसे आ गई हो ? अन्तःपुर में तो मैंने कभी तुमको...देखा...नहीं।" सम्राट् जैसे पहचानने का प्रयत्न कर रहे थे।

"अच्छा तो, इस अवरोध में रसिकता की क्रीड़ा करने के लिए, जान पड़ता है तुम्हारा अनपूछा अधिकार है। तब तो मैं जाती हूँ। मुझको क्या, जो यहाँ का प्रहरी हो स्वयं देखे। क्षमा कीजिए।" वह नाट्य करती हुई लौटने लगी थी। सहसा सम्राट् उठ खड़े हुए। उन्होंने अज्ञा भरे स्वर में कहा—"ठहरो !"

कालिन्दी जैसे भयभीत-सी रुक गई। भोली हरिनी-सी उसकी बड़ी-बड़ी आँखें प्रश्न करने लगीं—"मुझे छुटकारा कब मिलेगा ?"

"मैं सम्राट् बृहस्पतिमित्र हूँ ।"

कालिन्दी थरथराई, कँपी, जैसे लड़खड़ा कर घुटनों के बल बैठ गई । उसके दोनों हाथ अञ्जलिबद्ध थे । आँखों में दया की भीख ! सम्राट् कुछ हँस पड़े—"अरे ! यह क्या ? तुम तो अभी-अभी मुझको धमका रही थीं न !"

"क्षमा हो महाराज !"

"किन्तु तुम यहाँ आयी कैसे ?"

"मैं तो बरसों से यहीं हूँ, बन्दिनी ! सुगांग प्रासाद के एक कोने में पड़ी रहती हूँ । मुझसे अपराध हुआ । आज भूलकर इधर चली आई थी, सो भी अन-जान में । एक द्वार जो सदैव बन्द रहता था, आज अकस्मात् खुला देखकर ही आ गई । उस भयभीत बाला को वहीं अपने प्रकोष्ठ में रख आई हूँ । उसके लिए जो आज्ञा हो ।" कालिन्दी का कंठ काँप रहा था । उसका अभिनय अत्यन्त स्वाभाविक था ।

"अच्छा किया, उसको विश्राम की आवश्यकता थी । उसे अपने समीप ही अभी रहने दो । किन्तु आश्चर्य है, मुझे नहीं मालूम कि तुम कौन हो ? इस सौन्दर्य का कुसुमपुर के राजमन्दिर में यह कैसा अपमान !"

"दुर्भाग्य ! सम्राट् ! मैंने तो कुछ अपराध नहीं किया था । हाँ, जिस दिन मैं यहाँ पकड़ कर लाई गई, ठीक उसी दिन सम्राट् शतधनुष की मृत्यु हुई । संभवतः इसीलिए मुझे कारावास का दण्ड मिला । अन्तःपुर में और कहीं जाने का मुझे निषेध है ।" कालिन्दी की आँखों से झड़ी लग रही थी ।

बृहस्पतिमित्र ने उस करुण सौंदर्य को आँखों भर देखा । उसके भीतर से जैसे किसी ने कहा—"ओह यह अद्भुत सौन्दर्य !" उसने हाथ पकड़कर कालिन्दी को उठाया । हाँ—रोमाञ्च हो रहा था । और कालिन्दी भी अनुकूल अभिनय कर रही थी । सम्राट् ने कहा—

"डरो मत !"

"नहीं, मुझे क्षमा मिले, इस बन्दीगृह से छुटकारा मिले । मैं यह सब रत्न-आभूषण यहीं रखकर चली जाऊँगी ।" कालिन्दी विह्वल, चकित और भयभीत थी ।

"तुम जाओगी कहाँ, न, यह कभी हो नहीं सकता । अरे ! रो रही हो, क्या हुआ जो तुमने मेरी यह छोटी-सी बात जान ली । तुम मेरी सखी हो ।"

सम्राट् अपनी दुर्बल मनोवृत्ति से काँप रहे थे । और कालिन्दी एक आँख से हँस रही थी, दूसरी से रो रही थी । उसके अधरों से सिसकी निकल रही थी । कि हँसी, नहीं समझा जा सकता था । उसने विस्मय से पूछा—"सच !"

"हाँ, सच मुझे एक सखी की आवश्यकता है, जिससे मैं अपना हृदय खोल-कर सब कुछ कह सकूं। जो मुझसे सहानुभूति रखती हो। इस जनाकीर्ण अवरोध में, मैं अकेला जैसे अपने को सबसे छिपाता फिरता हूँ। तुम अपना विश्वास मुझे दे सकोगी ?" सम्राट् ने सरलता से कहा। कालिन्दी अपना रोना-हँसना बन्द कर चुकी थी। बाह्य अभिनय समाप्त हो चुका था। वह जैसे प्रकृतिस्थ हो रही थी। 'विश्वास' कालिन्दी दे सकेगी ! जिसके लिए वह बराबर षड्यन्त्र कर रही है, वही उसके विश्वास का भिखारी है। उसने कहा—

"क्षमा हो सम्राट् ! मैं कालिन्दी, नन्दराजवंश की नन्दिनी, मुझ पर विश्वास ! नहीं, आप मत कीजिए।"

"अरे ! तो तुम वहीं हो, राजगृह में...हाँ, मुझे सब स्मरण हो रहा है, किन्तु क्यों ? विश्वास करने से हानि क्या है। तुम कितनी सुन्दर हो कालिन्दी ! इस रूप के भीतर अविश्वासी हृदय ! असम्भव ! तुमको मेरी सखी, सहाय करने वाली, विश्वासपात्री, और सब कुछ बनना पड़ेगा। चाहे और कुछ भी हो, मैंने तो तुम्हारा कोई अपकार नहीं किया है। फिर क्यों सन्देह करूँ ?"

"मैं अपनी बात कह चुकी। अब जैसी आज्ञा हो।" कालिन्दी ने कहा।

"तो चलूं, तुम्हारे निभृत मन्दिर में, मैं विश्राम चाहता हूँ !"

"नहीं महाराज ! मैं यहीं आपसे कल मिलूंगी। मैं रानियों के द्वेष का लक्ष्य बनकर आपका कुछ भी मनोरंजन न कर सकूंगी। इरावती को मैं..." कालिन्दी ने ठोकर लगाई। इरावती को बृहस्पतिमित्र भूल गये थे उन्होंने कहा—"तो मेरी वह दुर्बलता तुम क्षमा नहीं कर सकोगी ? सखी !"

"नहीं महाराज ! आप धर्म की विजय करने की घोषणा कर चुके हैं।"

"वह मेरा ढोंग है ! राजनीतिक दाँव-पेंच है। मैं अब तुमसे कोई बात नहीं छिपाऊँगा। वह नर्तकी मेरे..."

"बस सम्राट् !" मैं समझ गई। तो उसे आपके योग्य बनने का अवसर मिलना चाहिए। वह काम सुखों को भूल गई है। और एक बात कहूँ।" कालिन्दी हँस रही थी। उसकी मुस्कराहट में सम्राट् तर हो रहे थे। उन्होंने उत्सुकता से पूछा—"क्या ?"

"आप इन खिलवाड़ों में लगे हैं। यवन-आक्रमण से साम्राज्य-ध्वंस होना चाहता है !"

"मैंने मेघवाहन को भी तो बुला लिया है।" सम्राट् ने अपनी सरलता दिखाते हुए कहा।

"देव ! आपकी यह दूसरी भूल है। वह राजगृह से जिन-मूर्ति लेकर चला जायगा। उसे क्या—रहे मगध या जाय !

"तो तुमको यह सब भी मालूम है !" आश्चर्य से बृहस्पतिमित्र ने पूछा।

"हाँ, यह ध्रुवसत्य है। मेरी प्रार्थना है कि आप कुछ सोच-समझकर उपाय करें !" कालिन्दी ने अन्वेषण करने वाली दृष्टि सम्राट् पर डाली और वह कामुक व्यक्ति कालिन्दी का और भी अन्धभक्त बन गया था। उसने कहा—

"कालिन्दी ! तुम उसके कुसुमपुर आने का कोई उपाय नहीं कर सकती हो।"

"इरावती को आप वहाँ तक जाने की आज्ञा देंगे।"—कहकर कालिन्दी ने गंभीरता धारण कर ली।

"इरावती तुम्हारे अधिकार में है। सखी ! जो चाहो—जो उचित समझो !" विवश-से सम्राट् ने कहा।

"मैं भी जाऊँगी।"

"तुम भी ?"

"हाँ !"

"जैसा उचित समझो"—कहकर सम्राट् ने दीर्घ निश्वास लिया।

अकस्मात् बड़े गंभीर स्वर में घण्टा बजने लगा। यह सूचना थी सम्राट् को मन्त्रणा-गृह में आने की। अशोक के समय से ही यह नियम था।

सम्राट् ने उसी शब्द की ओर पैर बढ़ाया।

श्वेत प्रस्तर के एक छोटे-से कुण्ड के समीप—जिसमें उसी प्रस्तर से बनी हुई कमलासना प्रतिमा, अपने हाथों के दोनों लीला कमल से जलधारा उछाल रही है—उदास मन से मणिमाला बैठी है। मणिमाला युवती है, रूपवती है, किन्तु वह अत्यन्त सरल भीरु प्रकृति की स्त्री है। आने वाली आपत्तियों के अतिरंजित वर्णन से, घबराकर जब वह छद्मवेशी आजीवक के साथ रक्षा की आशा से नगर के बाहर चली गई थी, तब धनदत्त को कुसुमपुर से गये दो बरस हो चुके थे। जनश्रुतियों से मणिमाला ऊब गई थी। कोई कहता 'वह कहीं मारा गया,' कोई कहता, 'अब लौटकर आने का नहीं', कोई कुछ कहता। उसके धैर्य का बाँध टूट गया। मानसिक उत्तेजना से विवश होकर वह चली गई। किन्तु अदृष्ट! उसी दिन धनदत्त अकस्मात् नगर के बाहर ही मिला और मणिमाला लौटकर अपने विशाल भवन में आ गई। आई तो, परन्तु वह अपराधी की तरह। उसकी आँख धनदत्त के सामने नहीं होती थी।

मणिमाला को कोई संतान नहीं। वह सचमुच अभी अपने को बालिका-सी समझती थी। और धनदत्त प्रौढ़ वयस का व्यापार-कुशल व्यवसायी था। उसका व्यवसाय था ऋण देना और रत्नों का व्यापार। मुक्ता और वैदूर्य का तो वह एकछत्र अधिकारी था। उसके स्वर्ण-भाण्डारों का पता न था कि वे कितने और कहाँ हैं? यह धनदत्त का दूसरा परिणय था। वह भी जैसे लोक-प्रथा का पालन मात्र। उसकी प्रधान प्रणयिनी थी लक्ष्मी। आते ही धनदत्त ने अपनी पहली व्यवस्था फिर से बना ली। परन्तु पति और पत्नी में तो अनबन ही रही।

पुष्यमित्र की आज्ञा न होती तो वह मणिमाला को साथ ले आता, इसमें सन्देह है। वह समझ गया कि चतुर सेनापति का इस समय पाटलिपुत्र का धन-भाण्डार कहीं जाने देना नहीं चाहते। कभी-कभी धनदत्त सोचता कि मणिमाला निरपराध है। वह एक ऐसे ही विचार का अवसर था, जब धनदत्त टहलता हुआ धीरे-धीरे मणिमाला के समीप आ रहा था। पीछे-पीछे था चन्दन!

चन्दन कह रहा था—"वह कुक्कुरव्रत वाला दार्शनिक तो हटता ही नहीं। उसी तरह गेंडुरी मारे दोनों केहुनियों के बल कुत्ते की तरह पड़ा है।"

"पड़ा रहने दो।" अन्यमनस्क भाव से धनदत्त ने कहा।

"किन्तु सेनापति की आज्ञा क्या भूल गये ? ऐसे बेकार पाखंडियों को अन्न देने के लिए उन्होंने वर्जित किया है।" चन्दन ने कहा।

"हाँ, उनका उद्देश्य है कि भोजन न पाने से ये सब स्वयं नगर के बाहर हो जायँगे। फिर यदि नगर का अवरोध भी होगा तो बरसों तक पाटलिपुत्र को कोई विजय नहीं कर सकता।" धनदत्त ने ऐसे स्वर में कहा कि मणिमाला सुने और उसके साथ बात करने में सम्मिलित हो जाय परन्तु वह हिली भी नहीं।

धनदत्त मणिमाला के समीप होता जा रहा था; परन्तु उधर न देखते हुए मणिमाला सोच रही थी—"इतनी बड़ी सम्पत्ति और युवती स्त्री की व्यवस्था जो पुरुष स्वयं नहीं करता और भूल हो जाने पर उसी को तिरस्कृत करता है, वह भी क्या बुद्धिमान् है ! जैसे बहुत-से निठल्ले अन्न-वस्त्र पाते हैं, उसी तरह क्या मैं भी हूँ। मैं भी यदि प्राण बचाने के लिए भयभीत होकर कहीं चली ही गई, तो इसमें कौन-सा अधर्म हो गया। उस दिन से मुझसे बोलते भी नहीं।" उधर चन्दन ने कहा—

"और भी सुनिये न ! वह जो पड़ोस में मालती देवी का गृह है, जिसमें नित्य संघ का निमंत्रण होता था..."

"तो वहाँ क्या हो गया ?" उत्सुकता से धनदत्त ने पूछा।

"पति और पत्नी में झगड़ा हो रहा है; मालती देवी कहती है, मैं बिना अतिथियों को खिलाये भोजन नहीं करूँगी।"

तो मर जाय ! स्त्रियों को जैसे समय-असमय का विचार ही नहीं है। कब क्या करना चाहिए, यही जो उनकी बुद्धि में आ जाता ! चन्दन ! कहाँ तो नगर भर में आतंक छाया है, युद्ध की विभीषिका ! कब क्या होगा, कोई नहीं जानता। फिर भी वह तो अपने मन की करेंगी ही। शील, कुल और विनय इनके हठ में जैसे कपास की तरह आँधी में उड़ जाते हैं।" धनदत्त ने कनखियों से देखा, जैसे आघात ठीक हुआ हो।

"इसमें कुल, शील और विनय के उड़ जाने का प्रसंग तो नहीं आता।" चन्दन ने कहा।

"तुम क्या जानो, कुलवती गृहिणी की कर्त्तव्य-सीमा कितनी है ? अरे जिसमें धैर्य नहीं, सहिष्णुता नहीं, वह भी शील की रक्षा कर सकेगी ? सबको खिला-पिलाकर जो स्वयं यज्ञशिष्ट अन्न खाती हुई, उपालम्भ न देकर प्रसन्न रहती हैं, वही गृहिणी है, अन्नपूर्णा है। बाधा, विघ्न, रोग, शोक, आपत्ति, सम्पत्ति सब में अटल अपने सब अधिकार का उपभोग करने वाली ऐसी स्त्री दुर्लभ है चंदन !"

"आप क्या किसी स्मृतिग्रन्थ का पारायण कर रहे हैं ? तो मुझे आज्ञा दीजिए,

मैं यह नहीं मानता कि स्त्रियाँ सब साँचें में ढली प्रतिमा की तरह अविचल रहें। और आप !..."

"मैं क्या—मैं..."

"आन्ध्र राजधानी की राजगणिका की उस दिन कितनी चाटुकारी कर रहे थे। भूल गये !..."

"दूर पागल ! भला इतने महँगे मूल्य पर वह एकावली बिकती।" चन्दन को घूरते हुए धनदत्त ने कहा। मणिमाला के अधरों में एक रेखा दिखाई पड़ी। उसने घूमकर देखा, धनदत्त से उसकी आँख मिली।

"और मेरे प्राणों का कोई मूल्य न था।" अभी वह इतना ही कह पाई थी। धनदत्त भी उत्सुक था कुछ उत्तर देने के लिए, सहसा रसोइये ने आकर कहा—"आर्ये ! मछलीवाला आज मछली नहीं दे गया।"

धनदत्त बोल उठा—"न होगी मछली ! बस इसी बात के लिए इतना..."

"लुब्धक और बधिक भी माँस लेकर नहीं आये। सब कहते हैं कि कुक्कुटाराम के महास्थविर ने घोषणा की है कि राष्ट्र के कल्याण के लिए, जब तक युद्ध और आक्रमण समाप्त न हो जाय, भगवान् बुद्ध की अहिंसा की अभ्यर्थना करनी चाहिए। पाटलिपुत्र में कोई जीवहिंसा न हो।" सूपकार ने एक साँस में कह डाला।

"और युद्ध में भिक्षुओं की, आजीवकों की, पाद-वन्दना होगी न ? चन्दन ! जा, तू पहले उस कुक्कुरव्रत वाले को मेरे द्वार से भगा। मैं इन पाखण्डों को एक क्षण भी नहीं देखना चाहता।" क्रोध से धनदत्त ने कहा।

"देखती हो मणिमाला ! यह सब क्या हो रहा है ? कुछ समझ में नहीं आता।" जैसे समझौता हो रहा था। मणिमाला भी घूम कर खड़ी हो गई। उसी समय बाहर से शृंगनाद और 'आनन्द' का शब्द सुनाई पड़ा।

"मैं तो अहिंसावादी हूँ। कुक्कुरव्रती हो या विडालव्रती हो, किसी को कष्ट देना हिंसा है स्वामी !"—कहकर चन्दन चला।

"अरे इसे तो देख ! कौन हँसी करने आ गया। जब सब दुखी हैं, तब यह आनन्द मानने वाले कहाँ से आ पहुँचा।" धनदत्त ने झुंझला कर कहा।

रसोइया और चन्दन दोनों उसी ओर दौड़े। एकान्त देखकर मणिमाला से धनदत्त ने कहा—"सुनती हो कुछ !"

"सुनती भी हूँ, देखती भी हूँ।"

"क्या देखती हो, देखतीं तो आज खाने-पीने की ऐसी अव्यवस्था होती ?"

"तो चलो हम लोग अहेर करने चलें ! क्या एक दिन मांस बिना काम न चलेगा । फिर कोई प्रबन्ध हो जायगा ।"

"मैं कहता हूँ, तुम तनिक महारानी के पास चली न जाओ ! घर की रक्षा का प्रबन्ध हो जायगा और यह छोटी-मोटी अड़चने भी दूर हो जायँगी ।"

"राजगणिका के पास तो तुम जा सकते हो, महारानी के पास मैं जाऊँ ! नहीं ।"

"अरे वह मूर्ख चन्दन ! तुम भी उसकी बातों को सच समझने लगी हो ? मणिमाला ! हृदयेश्वरी !" धनदत्त का प्रेम उद्वेलित हो चला था । और मणिमाला का विभ्रम विलक्षण रूप से चमकने लगा । दोनों में समझौता हो गया ।

मणिमाला स्वतंत्र विचार की थी । उसे बन्धन नहीं चाहिए । जो कुछ हो गया, हो गया, उसके लिए इतनी तना-तनी क्यों ? चरित्रों से मनुष्य नहीं बनते । मनुष्य चरित्रों का निर्माण करते हैं । यही उसकी धारणा थी । इतने में दीर्घकाय ब्रह्मचारी 'आनन्द' की रट लगाता उस उद्यान में आता दिखाई पड़ा । धनदत्त तन गया था, उसने कहा—

"क्या है ब्रह्मचारिन !"

"भिक्षा चाहिए ।"

"भिक्षा तो राजा की आज्ञा से निषिद्ध है । इस समय भोजन करने के उपयुक्त पात्र केवल सैनिक हैं ।"

"मैं राजा की भिक्षा नही लेता । गुरुदेव की आज्ञा है, केवल वैश्य की भिक्षा लूंगा ।"

"ऐसी कृपा वैश्यों पर ही क्यों है ?"

"वैश्यों का अन्न पवित्र है । उनकी जीविका उत्तम है । क्योंकि वे दूसरे से दान ग्रहण करने की दीनता नहीं दिखाते और त्रास से दूसरों का धन भी नहीं छीन लेते । इसलिए मैं तो वैसा ही पवित्र धान्य लूंगा ।" ब्रह्मचारी ने प्रसन्न मुख से कहा ।

"किन्तु आज्ञा जो नहीं है । हम लोग क्या करें । यह आपत्ति तो देखिए ।"

"तब जैसी तुम्हारी इच्छा । चलता हूँ ।"—कह कर ब्रह्मचारी लौटा ही था कि मणिमाला ने कहा—"आइए, मैं आपको दूंगी ।" उसके हृदय में आत्मविश्वास की मात्रा बढ़ चुकी थी ।

धनदत्त ने भी दब कर उन्हीं दोनों का अनुसरण किया । उसने चलते-चलते ब्रह्मचारी से पूछा—"आपके गुरुदेव कहाँ रहते हैं ?"

"गंगा के किनारे विशाल वट के नीचे ! कभी देखा है वह स्थान !"

"देखूँगा"—कहकर धनदत्त दूसरी ओर मुड़ा, जिधर उसकी बड़ी-सी द्वार शाला थी। उसे कुछ आभास मिला कि लोग उससे मिलने के लिए वहीं उसकी प्रतीक्षा कर रहे हैं। धनदत्त उसी ओर चला और ब्रह्मचारी को साथ लिये मणिमाला भाण्डार-गृह की ओर चली।

धनदत्त जब अपनी गद्देदार चौकी पर बैठा, तो उसे दो स्त्रियाँ वहीं मंचों पर बैठी हुई दिखायी पड़ीं। अवगुण्ठनवती थीं। उनका सौंदर्य यद्यपि उस नील आवरण में छिपता न था, परन्तु उन्हें पहचान लेना असम्भव था। एक ने सुरीले स्वर में कहा—"आप ही श्रेष्ठि धनदत्त हैं न ?"

"शुभे ! मेरा ही नाम है। कहिए क्या आज्ञा है ?" धनदत्त ने कहा। दूसरी चुपचाप प्रतिमा की तरह बैठी।

"ठीक है, तो क्या आर्य ! मुझे अपनी मुक्ताओं की मंजूषा दिखावेंगे ?"

"क्यों नहीं, इन्द्रनील, वज्रमणि, पद्मराग इत्यादि भी दिखलाऊँ ?"

"नहीं आर्य ! मेरी सखी के लिए उन चमकने वाली मणियों की आवश्यकता नहीं। मुझे तो स्निग्ध छायावाली मुक्ता चाहिए। मेरी सखी, भीतर-बाहर उसी मुक्ता की तरह स्वच्छ और क्षण-भर की ज्योति-किरणों से मुक्ता है।"

"जैसा आप को रुचे श्रीमती"—कहकर धनदत्त उठा और कुछ ही क्षणों में मोतियों की मंजूषा लेकर आया। नीला वस्त्र-खण्ड बिछाकर मुक्ता की ढेरी लगा दी गई—गोल, पानीदार, बड़े, छोटे, खुले और पिरोये हुए सभी तरह के मोती ! नयनाभिराम ! शीतलस्पर्श मुक्ता वही लम्बी रमणी छाँटने लगी। सहसा धनदत्त बोल उठा—

"मैं समझ गया, आप एकावली और हाथों के लिए छोटी माला के लिए छाँट रही हैं। तो इतना परिश्रम क्यों करती हैं। इन्हें देखिए"—कह कर मंजूषा का दूसरा भाग उसने खोलकर एकावली और छोटी-बड़ी मालाओं की ढेरी लगा दी। रमणी ने कहा—

"सचमुच मुक्ताओं का ऐसा अपूर्व संग्रह दुर्लभ है श्रेष्ठि ! कुसुमपुरी का तुम्हारे ऊपर गर्व होना चाहिए।"

"क्या कहती हैं आप ! मैं तो..." धनदत्त भीतर ही भीतर फूल रहा था, परन्तु एक झलक उस सौन्दर्य को भी देखने की उसकी इच्छा थी। कदाचित् अनजाने में रमणी का अवगुण्ठन थोड़ा-सा हट गया। मरकत की हरियाली से धनदत्त की आँखें तर हो गईं। उससे भी अधिक गजदन्त-सी गौर भुजलता के द्वारा उसको ढँक लेना, धनदत्त के लिए कुतूहल का आकर्षण बन गया। वह टक

लगा कर देखने लगा। और मणिमाला भी वहीं आकर खड़ी हो गई। साथ में था ब्रह्मचारी!

ब्रह्मचारी ने कहा—"श्रेष्ठि! मैं भिक्षा ले चुका, अब मैं आशीर्वाद देता हूँ।" धनदत्त ने कुढ़कर उसकी ओर देखा। और ब्रह्मचारी तो कहता ही गया —"आनन्द हो, तुम्हारा भय छूट जाय! आनन्द!"

दूसरी स्त्री जो अब तक चुपचाप बैठी थी, उठकर खड़ी हो गई। उसका अवगुण्ठन खिसक गया था। वह क्रोध में भरी हुई बोली—

"तुम आनन्द के प्रचारक! यहाँ भी मिथ्या प्रलोभन देने आ गये न!"

"अरे! तुम बौद्ध-विहार से निकलकर यहाँ चली आई हो। कैसे! किन्तु ठीक है, मिथ्या संसार से मुक्त होकर वास्तविक जगत् में आ गई हो देवि!" ब्रह्मचारी ने प्रसन्न भाव से कहा।

मणिमाला चकित होकर उन दोनों सुन्दरियों को देख रही थी और भी देख रही थी, अतृप्त लोचनों से धनदत्त का उन्हें देखना। मोती छाँटने वाली ने अपना सिर नहीं उठाया, उसे जैसे इन व्यर्थ की बातों से कोई सम्बन्ध नहीं। किन्तु साथ वाली तो उत्तेजित थी। उसने कहा—"रानी! अब चलो न! मुझे इन पाखण्ड-वेशधारियों से अत्यन्त घृणा है। मैं नहीं ठहर सकती।"

मणिमाला लाल हो रही। उसने कहा—"तो अपनी घृणा अपने तक ही परिमित नहीं रख सकती हो। किसी का अपमान करने में यदि आप को सुख मिलता हो, तो थोड़ी-सी दासियाँ मोल ले लीजिए। आज-कल तो बर्बर और यवन देश से बहुत-सी बिकने आई हैं।

धनदत्त ने कहा—"अरे! यह क्या तुम भूल गई हो कि जो लोग मेरे ग्राहक हैं, वे आदरणीय हैं। फिर यह भी..."

"मैं जानती हूँ, किन्तु दूसरों को भी जानना चाहिए। मैं सब का आदर करती हूँ, इसका यह अर्थ नहीं कि मैं सबसे अनादर पाती रहूँ। मैं जा रही हूँ, ब्रह्मचारीजी के गुरुदेव का दर्शन करने। रथ के लिए कहला दीजिए।" मणिमाला उत्तेजित हो रही थी, कुछ तो ब्रह्मचारी की विलक्षण बातों से, कुछ-कुछ धनदत्त के उन स्त्रियों के प्रति आग्रह से। वह क्यों उन लोगों के प्रति इतना आकृष्ट है? न लेंगी तो क्या? किन्तु धनदत्त इस समय अपना सम्मान खोना नहीं चाहता था। उसने कहा—

"किन्तु तुम भूल गई हो कि आज मेरे यहाँ कुछ लोग निमंत्रित हैं, और वे प्रतिष्ठित व्यक्ति हैं! क्या उनका प्रबन्ध तुम कर चुकी हो? जाना चाहो तो जा भी सकती हो, पर!"

"मैं मुनि का दर्शन करने अवश्य जाऊँगी। हाँ, अतिथियों के आने के पहले हो आ जाऊँगी।" उन सुन्दरियों को देखकर मणिमाला को जैसे अपनी स्वतंत्रता की घोषणा करनी चाहिए ही।

"रानी! आप मुझको आज्ञा दीजिए कि मैं चली जाऊँ। आपको नहीं मालूम कि दरिद्रों का सत्य भी अपराध है। मैं रिक्त हूँ न! इसलिए मैं बाहर से आये हुए सम्मान और अपमान दोनों को ग्रहण कर लेती हूँ। किसी का भी तिरस्कार करने की क्षमता मुझमें नहीं।" इरावती ने कहा।

किन्तु अब साथ वाली रानी भी अपनी गंभीरता स्थिर न रख सकी। उसने अपना अवगुण्ठन गिरा दिया और घूरकर मणिमाला की ओर देखा। फिर बोली—

"मेरी सखी का अपमान करने वाले को मैं कभी क्षमा नहीं कर सकती।"

उसकी वह तेजस्विनी मूर्ति देखते ही धनदत्त ने मणिमाला की ओर दीनता से संकेत किया, चुप रहने के लिए। और कहा—"क्षमा कीजिए हाँ यह तो कहिए कि इनमें से कौन-कौन आपने चुनीं।"

"लेती तो मैं और भी परन्तु मुझे राजगृह जाने की शीघ्रता है। क्योंकि यहाँ निग्रन्थों का भारी जमाव है। और अग्रजिम की प्रतिमा की यात्रा का भी दर्शन करना है। मैं समझती हूँ कि अभी एक प्रहर दिन होगा। इतने समय में तो मेरे पुष्परथ को वहाँ पहुँच जाना चाहिए।"

"मणिमाला जैसे ढीली पड़ चुकी थी। उसने कहा—"अच्छा आप राजगृह जा रही हैं। चलती मैं भी परन्तु..."

धनदत्त से अब नहीं रहा गया। उसने कहा—"तुम तो सब तीर्थंकरों को, महात्माओं को अपना दर्शन देने का निश्चय कर चुकी हो, यह मैं जानता हूँ।

किन्तु इस पर ध्यान न देकर मणि ने कहा—"बहन! यदि आप मेरा अपराध क्षमा कर दें, तो मैं एक बात कहूँ।"

"कहिए। इरावती मेरी प्रिय सखी है। मैं उसकी मान-रक्षा अवश्य करूँगी। किन्तु जब आप सरल चित्त से क्षमा माँग रही हैं, तब मेरी इरावती अवश्य तुमसे सौहार्द्र स्थापन कर लेगी।"

"मैं चाहती हूँ, आज आप लोग भी मेरे निमंत्रण को स्वीकार करें। कल सवेरे हम लोग भी आप के साथ राजगृह चलें; बड़ा आनन्द रहेगा। क्यों? तो भोजन करने में क्या आपत्ति है?"

"फिर मैं भी इस भिक्षा को भिक्षुक को क्यों न दे दूँ? मुझे संग्रह करके रखने की आज्ञा नहीं है। किसी दासी से कह दीजिए यह ले जाय, कुक्कुरव्रती को दे आवे"—ब्रह्मचारी ने कहा और भिक्षा की झोली वहीं रख दी।

तीनों ही आश्चर्य से उसका मुंह देख रही थीं। ब्रह्मचारी अब स्वस्थ होकर बैठ गया था, उसे जैसे किसी की चिन्ता नहीं। धनदत्त ने देखा, मणिमाला घर में ही किसी तरह भी उलझ गई। इतने में एक शबर पक्षियों के जालों का झोला लादे वहीं पर आ गया। तालों पर बैठने वाले पक्षी उसके पास थे। उसने कहा—"स्वामी! किसी तरह मैं इन्हें ले आया हूँ। राजभृत्यों ने मुझे छोड़ दिया जब आप का नाम लिया। अब तो कल से न ले आ सकूंगा। इन सबको रखवा लेने की आज्ञा दीजिए।"

धनदत्त फूल रहा था, उसका इतना प्रभाव! उसने समीप खडे कर्मचारी को आज्ञा दी—"देखो इन्हें रसोइए के पास भिजवा दो और उचित मूल्य दे दो।" जब वह कर्मचारी चला तो दूसरा दौड़ा हुआ आया। उसने कहा—"स्वामी! एक बड़ा सुन्दर रथ आया है। उस पर बैठा हुआ एक युवक आपको पूछ रहा है।"

"लिवा आओ"—कह कर गर्व से उन स्त्रियों की ओर धनदत्त ने संकेत किया। कालिन्दी और इरावती ने अपना अवगुण्ठन नीचा किया।

स्निग्ध श्यामवर्ण, दाढ़ी-मूँछ मुड़ा हुआ, कंधों तक पीछे लटकी हुई सघन घुंघराली लटें, कौशेय का कंचुक, कमर में कटिबन्ध, उसमें छोटी कृपाण, आँखों में निश्चितता, मतवाली चाल से एक व्यक्ति धीरे-धीरे चला जा रहा था। पीछे दूरी पर एक भृत्य था। उसको देखते ही धनदत्त बैठा न रह सका। वह असाधारण शक्तिशाली युवक था। उसने धनदत्त से ही पूछा—"आप का नाम श्रेष्ठि धनदत्त है?"

धनदत्त ने सविनय कहा—"श्रीमान् मैं सेवा में उपस्थित हूँ। क्या आज्ञा है? पधारिए, यह आसन है।"

युवक ने आसन पर बैठते हुए कहा—"मैं कलिंग राष्ट्र का राजपुरुष हूँ, मुझे भगवान् अग्रजिन की प्रतिमा के लिए उत्तम वज्रमणियों के अलंकार की आवश्यकता है।"

धनदत्त ने कहा—"प्रस्तुत हैं श्रीमान्! देव-प्रतिमा के लिए तो कदाचित् केवल उज्ज्वल वर्ण के हीरक ही चाहिए। लीजिए मैं ले आता हूँ।"

धनदत्त तो मंजूषा लाने भीतर गया। युवक ने एक बार संशोधक दृष्टि चारों ओर डाली। उसने देखा दो अवगुण्ठनवती बैठी हैं और एक मुक्त आवरण कुतूहल भरा-सा मुख सामने! युवक—जैसे कोई बात स्मरण करने लगा। दूसरी ओर आँखें घूम पड़ीं। मणिमाला का चंचल कुतूहल आहत हो गया। उसने कहा—"ब्रह्मचारीजी! आइए उधर उद्यान में चलें। आप लोग भी बहनो!"

कालिन्दी ने अवगुण्ठन तनिक-सा टेढ़ा किया और उसी के भीतर से मंद स्वर में कहा—"चलो बहन ! बादल तो आज गम्भीर होने लगे हैं। अच्छा किया तुमने हम लोगों को निमन्त्रित कर लिया। नहीं तो..."

मणिमाला कुछ चमकती हुई-सी घूमी और इरावती के साथ कालिन्दी तथा ब्रह्मचारी को लिये वह चल पड़ी। युवक कुछ-कुछ विस्मित-सा उन्हें ही देख रहा था। सहसा कालिन्दी ने कहा—"अरे लो, मैं तो तुम्हारे कहने से चल पड़ी। अभी तो श्रेष्ठि से...अच्छा चलो—फिर आ जाऊँगी, अभी तो यहीं हूँ।" कालिन्दी जैसे अपने को अधिक बड़ी-बड़ी रेखाओं से उस वातावरण में अंकित कर देना चाहती है। वह हिलकोर उठाती हुई चली गई। युवक ने जैसे ध्यान से देखा, उसने मन-ही-मन कहा—'वे ही दोनों होंगी। किन्तु साथ वाली तो नहीं मालूम होती, जिसको वहाँ राजगृह में मैंने देखा था। अवगुण्ठन से मेरी दृष्टि को धोखा नहीं दिया जा सकता। वह नर्तकी थी, उसके एक-एक अंग कह रहे थे कि नृत्य-कला के लिए उनका निर्माण हुआ था। मैं गंधर्व विद्या को जानता हूँ। वह उच्चकोटि की नर्तकी थी। किन्तु यह तो जैसे किसी अंतःपुर की रमणी है। तो भी उसके हीरों के आभूषण अद्भुत थे।'...धनदत्त के आ जाने से युवक के विचारों में बाधा पड़ी। उसने एकाग्र मन से मंजूषा से निकलते हुए हीरे के आभूषणों को छाँटना आरम्भ किया। सहसा चौथे प्रहर का मंद दिवालोक—जो रत्नों के लिए अधिक उपयुक्त होता है, और भी मंद, क्रमशः मलिन हो चला। बालकों के झुण्ड आकाश में दौड़ने लगे। सूर्यास्त में अभी कुछ विलम्ब था, किन्तु अंधकार इतना बढ़ा कि दीपक के बिना काम नहीं चल सकता। हताश होकर युवक ने कहा—"बस इस समय तो रहने दीजिए, इन छँटे आभूषणों को अलग रख लीजिए। मैं कल फिर आऊँगा। मुझे आज ही राजगृह लौट जाना चाहिए।"

वणिक बुद्धि ! -ग्राहक हाथ से निकल जाय, यह धनदत्त कैसे सहन कर लेता। उसने कहा—"क्षमा कीजिए तो मैं कुछ कहूँ।"

"कहिए और मेरे रथ को ठीक कर शीघ्र बुलवाइए।"

"कदाचित् ये रत्न कल आप न ले सकेंगे। क्योंकि आप देखते हैं कि वे अन्तःपुरिकाएँ भी इन्हीं के लिए आई हैं। राजकीय अवरोध की ये स्त्रियाँ हैं। उनकी बात कैसे टाल सकूँगा ?" धनदत्त ने एक साँस में कहने को तो कह डाला, परन्तु भीतर-ही-भीतर भयभीत हो रहा था। उधर युवक की भवें कुछ चढ़ीं और कुछ उतरीं। मुंह कुछ तमतमाया, फिर भी जैसे उसने अपने को सँभाल लिया। और कहा—

"तो ठीक है; रथ पर से मेरे अनुचर केयूरक को बुलवाइए ! और इनका मूल्य बताकर उससे मूल्य ले लीजिए ।"

धनदत्त के कर्मचारी आदेश के अनुसार दौड़े, परन्तु मेघों में उनसे भी तीव्र गति थी । पवन के सर्राटे चलने लगे थे । बड़ी-बड़ी बूंदें पड़ने लगीं । असन्तुष्ट होकर उस युवक ने आकाश की ओर देखा । उसने कहा—

"क्या कहूँ, कल दो स्त्रियाँ भगवान् का दर्शन करने गई थीं । उन लोगों की रत्नावली देखकर, कलिंग के लोगों को इच्छा हुई कि ऐसी सुन्दर स्वर्ण-प्रतिमा के लिए, पाटलिपुत्र से ही रत्न क्रय किये जायँ । कलिंग राजकुल की एक महिला ने उन लोगों से पूछा तो उन स्त्रियों ने श्रेष्ठि धनदत्त का नाम बताया । इसी-लिए आना पड़ा ।"

धनदत्त के मन में एक कल्पना हुई । उसने सोचा कदाचित् यही दोनों रही हों । कलिंगराज तक पहुँचकर अच्छा व्यापार किया जा सकता है । हो सकता है कि युवराजपुरुष यहोदय इन्हीं स्त्रियों के आकर्षण में आ गये हों । उसने कहा—

"श्रीमान् ! कुसुमपुर की नागरिकाएँ संसार से निराली मनोवृत्ति रखती हैं । हम लोग तो उनके कलापूर्ण संकेतों पर उसके लिए सुरुचिपूर्ण अलंकार और श्रृङ्गार प्रस्तुत करते रहते हैं । देखिए न ! आज्ञा होने पर मैं ही राजमन्दिर में चला जाता, परन्तु इन्हें तो सब छाँटना है, परखना है । यहीं आ गईं ।"

युवक ने कुछ उत्तर न दिया । वह कोई दूसरी बात सोच रहा था । वर्षा का वेग बढ़ चला । दीपक जलाये गये ।

केयूरक ने थैलियाँ उझल दीं । कलिंग की स्वर्ण-मुद्राएँ उज्ज्वल आस्तरण पर बिखरी पड़ी रहीं । धनदत्त ने कहा—"यथेष्ट हैं ।" उस सघन मेघ से काले केयूरक ने लाल आँखों से अलंकारों को देखा । उन्हें सहेज कर मंजूषा में रख लेने पर उसने कहा—

"देव ! चलना चाहिए ।"

युवक का मन उलझ रहा था । उसने कहा—"पथ बड़ा दुर्गम है और अंधकारपूर्ण । थोड़ा ठहर कर चलना अच्छा होगा, कदाचित् बादल छँट जायँ ।"

धनदत्त स्वर्ण-मुद्राओं को सँभालने में लगा था । उसने ध्यान नहीं दिया । केयूरक ने झुक कर धीरे से युवक के कान में कहा, उसकी भाल-रेखाएँ कुछ खिचीं, उसने भी धीरे से कहा—"पाटलिपुत्र की एक रात्रि देखने का लोभ मैं नहीं संवरण कर सकता । तुम आवश्यक प्रबन्ध करो ।"

केयूरक खिन्न होकर चुपचाप कुछ सोचता रहा । अब धनदत्त ने घूमकर कहा —"आप चिंता न कीजिए । कष्ट न हो तो आज रात्रि में मेरा आतिथ्य स्वी-

कार करिए । प्रभात में आप राजगृह को प्रस्थान करें । यही अच्छा होगा । युद्ध-काल है । रात्रि में पथ निरापद न होगा । और आज मेरे यहाँ कुछ भद्र पुरुषों का निमन्त्रण भी है ।''

केयूरक ने बात काटकर कहा—''हम लोगों को तुम्हारे यवन-युद्ध से क्या ? श्रेष्ठि ! तुम्हारे उत्सव से भी हमें कुछ सम्बन्ध नहीं ! हम लोग तो जाना ही अच्छा समझते हैं ।''

''तो आप लोगों के लिए अलग प्रकोष्ठ का प्रबन्ध हो जायगा । सब तरह की सुविधा और सुव्यवस्था रहेगी ।'' धनदत्त ने विनीत स्वर में कहा । पवन का वेग, बादल की गड़गड़ाहट, बिजलियों का कौंधना और बूंदों का उपद्रव बढ़ रहा था । धनदत्त ने एक कर्मचारी से कहा—''राजगृह के रथ को सुरक्षित स्थान में रहने का प्रबन्ध कर दो, और साथ के भृत्यों को भी विश्राम करने के लिए स्थान बतला दो ।''

युवक जैसे इस बादल-बूंदी से मन-ही-मन प्रसन्न हो रहा था । केयूरक उद्विग्न । उसने कहा—''मैं साथ ही रहूँगा ।''

युवक ने संकेत से कहा—''नहीं ।'' उसकी इच्छा जैसे कुतूहलपूर्ण दृश्य देखने के लिए व्याकुल हो रही थी । केयूरक ने उद्विग्न भाव से कर्मचारी के साथ प्रस्थान किया । उसी समय द्वारशाला के नीचे टापों का शब्द सुनाई पड़ा । युवक ने चौंक कर देखा एक दीर्घकाय बलिष्ठ मगध-सैनिक जल से भींगा हुआ अपने घोड़े से उतरा । धनदत्त ने उसे देखते ही अभ्युत्थान करके स्वागत किया । विनीत शब्दों में कहा—''इस वर्षा में भी निमंत्रण की रक्षा करके आने के लिए मैं कृतज्ञ हूँ, महानायक अग्निमित्र !''

अग्निमित्र मस्तक से जल को काँछते हुए हँसकर बोला—''सैनिकों के लिए इतनी-सी बाधा क्या कर सकती है श्रेष्ठि ! फिर संभवतः कल ही मुझे नासीर सेना में जाना हो—यवन समीप आ पहुँचे हैं । एक रात, मित्र के उत्सव में सम्मिलित होने का फिर अवसर मिले या न मिले ।''

वह मंच पर बैठना चाहता था कि धनदत्त ने कहा—''नहीं, पहले आप जाकर वस्त्र बदल लें ।'' अग्निमित्र सेवक के साथ गया और धनदत्त ने दूसरे परिचारक को आज्ञा दी—''उद्यान के समीप वाला छोटा कक्ष सुसज्जित कर दो, मेरे माननीय अतिथि उसमें विश्राम करेंगे । युवक चुपचाप निश्चित बैठा था । जैसे उसे कुछ करना-धरना नहीं ।

उधर दूसरी ओर एक बड़े-से चौकोर मंडप में, जिसके सुन्दर स्तम्भ मञ्जरियों और कुसुमों की मालाओं से सजे थे, कोमल काश्मीरी कम्बलों पर बड़े-बड़े तकियों

के सहारे मणिमाला, कालिन्दी और इरावती बैठी थीं। एक ब्रह्मचारी भी निर्लिप्त-जैसा बैठा नीचे की अमराई का अन्धकार देख रहा था। सामने वीणा और मृदंग के आगे गायक-दल। संगीत का समारोह था। पुष्प पात्रों में अगरु और कस्तूरी की बत्तियाँ जल रही थीं। बड़े-बड़े दीपाधारों में गंध तैल की दीपिकाएँ अपने अभ्रक के खोल में जल रही थीं। आमोद से वह कक्ष भर उठा था। पर्दे डाल दिये गये थे। वीणा गुञ्जरित हुई। मृदंग पर थाप पड़े। वीणा के विलम्बित स्वर लहराने लगे। पास के ही एक कक्ष में भोजन परसा जा चुका था। धनदत्त, अग्निमित्र और युवक आसन पर बैठ चुके थे। ब्रह्मचारी को बुलाने के लिए अनुचर आया। ब्रह्मचारी ने भी उन लोगों का साथ दिया। विविध मांस, मैरेय मिष्ठान्नों से परिवेषण सम्पन्न था। अपने माननीय अतिथियों के साथ उस ब्रह्मचारी को भी देखकर धनदत्त खीझ रहा था। पर करता क्या ! अभद्रता होती। पान भोजन चलने लगा। उधर वीणा और मृदंग का संयोग उस भोजन में और स्वाद बढ़ा रहा था; किन्तु वह कलिंग का युवक राजपुरुष, कभी-कभी जैसे चौंक उठता। फिर सामने दूर उन सुन्दरियों को अर्द्ध अवगुण्ठन में देख लेने का कोई उपाय भी न था। उसे वीणा की कोई-कोई मूर्च्छना और गमक जैसे असंगत लगने पर चोट-सी लग जाती। फिर भी उत्तर भारत का वह शिष्ट आचार अन्वेषण की दृष्टि से देख लेता। जैसे सब सज्जित परिष्कृत पाटिलपुत्र के नागरिकों की नपी-तुली परिपाटी ! उसे जैसे चमत्कारजनक दिखलाई पड़ती।

चतुर परिचारक विविध व्यंजनों को नम्रतापूर्वक परस रहे थे। सुगन्ध से सारा गृह भर रहा था। इन्द्रियों का तृप्तिकारक आयोजन सफल हो रहा था। भोजन समाप्त होने पर मणिमाला ताम्बूल लेकर मचलती हुई सामने आई। उसके अंग-अंग हँस रहे थे। युवक जैसे उसके विभ्रम को क्षण भर के लिए देखने लगा। किन्तु उसका मन तो अवगुण्ठनों में अटक रहा था। युवक ने पूछा—

"श्रेष्ठिवर ! आपने ये वादक आज के लिए ही बुलवाये हैं क्या ?"

"हाँ श्रीमान् !" कुछ जैसे अस्वस्थ होकर धनदत्त ने कहा।

"क्यों, क्या आप इन्हें नहीं पसन्द करते ?" धीरे से अग्निमित्र ने पूछा। उसे जैसे युवक की यह बात अच्छी न लगी थी।

"हाँ...नहीं...यों ही पूछ लिया। क्या यहाँ उत्तर भारत में वीणा ऐसी ही बज लेती है ?"

"जान पड़ता है कि आप इसके मर्मज्ञ हैं !" अग्निमित्र ने व्यंग से कहा।

"मर्मज्ञ नहीं जी, मैं बजाता भी हूँ।" सदर्प युवक ने कहा।

मणिमाला बोलने का अवसर खोज रही थी। उसने कहा, और कुछ मचलते

हुए—"तो क्या हम लोगों को भी कलिंग की वीणा सुनने का अवसर आप कृपापूर्वक देंगे ?" यह एक रमणी का अनुरोध था। युवक ने धनदत्त की ओर देखा। उसे स्वीकार करे या अस्वीकार। ब्रह्मचारी अब जैसे अपने में से बाहर आया। उसने कहा—"अच्छा तो होगा। आनन्द की यह मात्रा, हम लोगों के लिए इस वर्षा की रात्रि में, परम सुखकारिणी होगी।"

धनदत्त सोच रहा था—सब लोग खा-पी चुके, अब अपने स्थान पर जाकर सो रहें। छुट्टी मिले। बीच में यह उपद्रव कैसा। वह मणिमाला पर खीझ रहा था। उसे क्या पड़ी थी। परन्तु युवक तो संगीत के स्थान की ओर बढ़ने लगा था। अग्निमित्र कुतूहल से यह गतिविधि देख रहा था। सहसा एक परिचारक ने सविनय एक छोटा पत्र अग्निमित्र के हाथ में दिया और कहा—"शिविर से सैनिक आया है।"

अग्निमित्र दीपाधार की ओर बढ़ा। उसके उजाले में मुद्रा तोड़ कर उसने पत्र पढ़ा—"यवनों की सेना शोण के पार पहुँच गयी है। और तुम अपनी अश्वारोही सेना लेकर रोहिताश्व जाने से बची हुई पदाति सेना शोण के पश्चिम तट पर लेकर पहुँचो। संकेत पाते ही तुम्हारा दक्षिण से आक्रमण होना चाहिए। जहाँ तक सम्भव हो, दूर दक्षिण के पार उतरना होगा। यह स्मरण रखना, एक भी सैनिक और अश्व व्यर्थ न हम खो दें।" उस पर हस्ताक्षर था सेनापति पुष्यमित्र का।

अग्निमित्र एक बार जैसे झलमलाया ! उसकी इच्छा हुई कि वह तुरन्त शिविर में पहुँचे। किन्तु वह अर्ध अवगुण्ठनवती कौन है ? इसे देखे बिना वह जा कैसे सकता है ! अग्निमित्र ने चारों ओर देखा। अंधकार के बीचोंबीच यह छोटा-सा प्रकोष्ठ ! उसे तो अपने अस्तित्व का ज्ञान खो देना था। अभी जो थोड़ी-सी मदिरा उसने पी ली थी, वही बरसाती घटा की तरह चारों ओर से घेर कर बरसने लगी। उसके लिए जैसे कहीं पथ नहीं था। कालिन्दी ने प्रतारित किया; इरावती ने उपेक्षा की। पिता पूर्ण विश्वास नहीं करते। डाँट बतलायी। किन्तु उसकी समझ में नहीं आता था कि उसकी भूल कहाँ से प्रारम्भ हुई; तो फिर उसे क्या ? भूल पर भूल होती चले। उसको अपनाकर आलिंगन में ले लेने वाला कोई नहीं। अवगुण्ठनवती के अवयव जैसे कुछ पहचाने से...होगी वही ! जब समस्त सहानुभूति का अभाव है, तब कल तो रण-नदी में फाँदना ही है। वह भी संगीतशाला की ओर बढ़ा। कुछ-कुछ कलिंग के युवक की ईर्ष्या के साथ। और युवक अपने अरुण नेत्रों में मुस्करा रहा था। उसने मणिमाला से पूछा—

"आप लोगों को भी संगीत से प्रेम है। मैं ठीक बजाऊँगा या कैसा कुछ,

इसे तो..." वह रुक गया। कहीं बात कड़वी न हो जाय, वह भी एक रमणी के प्रति! किन्तु मणिमाला कब रुकने वाली थी। उसने कहा—"महोदय! मेरी एक सखी ऐसी कुशल नृत्य-कला जानती है कि वह आपकी वीणा की भूलों को सहज ही पकड़ लेगी।" प्रगल्भता युवक को खली नहीं। उसने मन-ही-मन उस अज्ञात नर्तकी का आवाहन किया।

सब लोग बैठने के स्थान पर आ गए थे। कालिन्दी और इरावती भी उठ कर खड़ी हो गईं; किन्तु उसका मुख अभी भी नहीं दीख पड़ता था। बड़े-बड़े उपाधानों के सहारे चारों पुरुष बैठे। और स्त्रियाँ उपाधानों को आगे करके उन्हीं पर भार देकर। इससे कुछ जैसे छिपाव भी हो जाता था।

अग्निमित्र जैसे अन्यमनस्क-सा बैठ रहा था। उसके मन में अपनी व्यर्थता और लक्ष्यहीनता व्याप्त हो रही थी। युद्ध में उसकी आवश्यकता थी। उसे कदा-चित् युद्ध की नहीं। जब जीवन का केवल एक पार्श्व चित्र ही उपस्थित होकर मनुष्य की दुर्बलता को उसकी अन्य सम्भावनाओं से ऊपर कर लेता है, तब उसकी स्वाभाविक गति जकड़ी-सी बन जाती है। अग्निमित्र के पास उसकी निज की अभिमान की कोई वस्तु, हृदय से चाहने की लालसा नहीं रह गयी थी! युद्ध! सो तो होना ही है। कल लड़ लेंगे, हो सका तो विजय प्राप्त करेंगे, नहीं तो प्राण दे देंगे। बस इतना ही तो। उसे जैसे ढीला-सा संतोष था, उसने अपनी दुर्बलता का बोझ भाग्य से ही किसी पर लादने की सफलता नहीं प्राप्त की। तो फिर चलने दो। यह संगीतक भी अच्छा ही रहेगा। वह सोच रहा था और वीणा की द्रुतगति समाप्त हो रही थी। कालिन्दी और इरावती के बीच में मणिमाला बैठ गई थी।

मणिमाला ने धीरे से कहा—"सुना बहन! यह युवक मेरे 'वीणा बजाने वाले को मूर्ख समझता है और हम सब को भी, मैंने उससे कह दिया है कि हम लोगों की एक सखी नृत्य-कला में बड़ी कुशल है। तुम बजाओ तो।" मणिमाला इस समय चंचल हो रही थी। और इरावती देख चुकी थी अग्निमित्र को। वह जैसे शिथिल, असंयत और विमूढ़-सी होने जा रही थी। सहसा कालिन्दी ने टोक दिया—"पहले बजने भी दो इरावती हम लोगों की बात रख लेगी।"

स्त्रियों की यह फसफसाहट बन्द हो गई, क्योंकि वीणा और मृदंग भी मौन हो गये थे। युवक ने वीणा उस वादक के हाथ से लेकर उसको कुछ ठीक-ठाक किया। फिर मृदंगवादक की ओर देखा। वह एक ललकार थी। मृदंग पर मधुर थाप पड़ी। वीणा का विलम्बित स्वर-समारोह आरम्भ होने में अभी विलम्ब था;

क्योंकि वीणा और मृदंग फिर से मिलाये जा रहे थे। धनदत्त ने खीझ-भरे स्वर में ब्रह्मचारी से कहा—"आपको भी संगीत से प्रेम है ?"

क्यों न हो, संगीत मेरी तन्मयता में आनन्द की मात्रा बढ़ाने में समर्थ है। तुम लोगों के कल्पित दुःख और विवेक की अतिरंजना के आवरण को वह सहज ही हटा देता है।"

"तो क्या आप समझते हैं कि यह विवेक की भावना निन्दनीय है ?" धनदत्त ने पूछा। युवक ध्यान से इनके विवाद को सुन रहा था ?

"इस भेदपूर्ण विवेक की सीमा खोजते हुए, जब हम आगे बढ़ते हैं, तब सत्य का वही स्वरूप सामने आता है, जिसमें हम पुद्गल मात्र बन जाते हैं और सदेव किसी उच्च, अप्राप्य, सत्य को पाने के लिए तरसते रहते हैं।"

युवक ने वीणा को मिलाने का काम धीमा कर दिया था। वह भी इस विवाद में रस ले रहा था। धनदत्त को अपनी वणिक्-बुद्धि के अतिरिक्त नागरिक संस्कृति भी प्रदर्शित करने की प्रेरणा जग पड़ी थी। उसने कहा—

"क्या उच्च सत्य को पाने के लिए, हमें क्षुद्र विचार की नालियों का अतिक्रमण नहीं करना चाहिए ?"

"अतिक्रमण करके आपका विवेक संसार से आपको अलग, अपनी और भी संकुचित भूमिका में खड़ा कर देगा। जहाँ केवल विराग ही नहीं, अपितु आसपास के फैले हुए संसार से घृणा भी नाक सिकोड़ने लगेगी। उस विवेक को भी हम क्या कहें, जो हमको संसार से विच्छिन्न करके, वैराग्य और अपनी पवित्रता के अभिमान में, हमें अद्‌भुत परिस्थिति में डाल दे। हमारा विश्व से सामञ्जस्य होना असम्भव कर दे। शंकाओं से, निषेधों से हमें जकड़कर काल्पनिक उच्च आदर्शों के लिए वामन की तरह उचकते रहने की हास्यजनक स्थिति में सदैव डाल रक्खे।"

युवक ने तारों में एक बार झनकार देकर निश्चित भाव से पूछा—"तो क्या अभी इस वेश में आप हम लोगों से अपने को विभिन्न नहीं प्रमाणित करते ? क्या यह वैराग्य का स्वरूप नहीं ? हमारे विवेक को रूप तो ग्रहण करना ही पड़ता है। वह चाहे नैष्ठिक ब्रह्मचारी का हो चाहे श्रमण का !"

"और इस संगीत-सभा में मेरी उपस्थिति को आप क्या कहेंगे ?"

अग्निमित्र जैसे हँस पड़ा। उसने कहा—"ब्रह्मचारिन् ! मैं तुम्हारी बात समझ रहा हूँ। तुम प्रत्येक परिस्थिति से तादात्म्य कर लेना चाहते हो न ?"

"हाँ, मेरी विचार-धारा पंगु नहीं, उन्मुक्त नील आकाश की तरह विस्तृत, सब को अवकाश देने के लिए प्रस्तुत। चारों ओर आनन्द की सीमा में प्रसन्न ! और वह प्रसन्नता प्रत्येक अवस्था में रहने वाले प्राणियों के विरुद्ध न होगी।

चारों ओर उजला-उजला प्रकाश जैसा ; जिसमें त्याग और अपनी स्वतंत्र सत्ता अलग बनाकर लड़ते नहीं । विश्व का उज्ज्वल पक्ष अंधकार की भूमिका पर नृत्य करता-सा दीख पड़े, सबको आलिंगित करके आत्मा का आनन्द, स्वस्थ, शुद्ध और स्ववश रहे । यह स्थिति क्या अच्छी नहीं ?"

युवक ने उल्लसित नेत्रों से उस ब्रह्मचारी की ओर देखकर पूछा—

"तो क्या तुम अपनी इस अवस्था में परिवर्त्तन भी चाहोगे ?"

"चाहूँगा नहीं, अभीष्ट जैसा भी कुछ हो । ऐसा नहीं; किन्तु परिवर्तन हो तो बुरा क्या है । होगा अच्छा ही । गुरुदेव ने बतलाया है—कहीं अशिव नहीं । सर्वत्र शिव । सर्वत्र आनन्द ! फिर क्यों भय !"

स्त्रियाँ इस संवाद से उद्धार पाना चाहती थीं । मणिमाला ने कहा—"तो फिर आनन्द के लिए संगीत की योजना में आप बाधा क्यों डाल रहे हैं । सुनिए कुछ ।"

"ओहो, यह तो मेरा उद्देश्य नहीं । हाँ, चलने दीजिए । इन बातों को अधिक समझना हो तो महावट के नीचे गुरुदेव का दर्शन कीजिए ।" ब्रह्मचारी ने निर्लिप्त भाव से कहा ।

युवक ने वीणा उठा ली । अद्‌भुत स्वरों का नृत्य आरम्भ हुआ । उल्का-धारिणी स्त्रियाँ पुतलियों की तरह खड़ी थीं । बाहर की वर्षा का शब्द और बादलों की गड़गड़ाहट के लिए यहाँ स्थान नहीं रह गया था । वह कलिंग का युवक वीणा को द्रुत, मध्य और विलम्बित गतियों में इस तरह चढ़ा-उतार रहा था कि सुनने वाले आश्चर्य और स्वर-संचार से मुग्ध हो रहे थे । किन्तु चंचल मणिमाला, वह चूकने वाली नहीं, उसने धीरे से इरावती के पैरों में नूपुर पहना ही दिया । अभी विलम्बित से मध्य लय में वीणा बढ़ रही थी । सहसा इरावती उठ खड़ी हुई । हाँ, जैसे अपने को भूली हुई । उसके पैरों में एक अद्‌भुत प्रेरणा उत्पन्न हो गई थी । वह नृत्य करने लगी । अग्निमित्र एक बार जैसे कहीं से लगे हुए धक्के को सम्भाल कर बैठा रह गया । इरावती के मदमाते नेत्र अधखुले तो थे; किन्तु वे किसी को देख रहे थे कि नहीं, कहा नहीं जा सकता था । कालिन्दी बाण चलाकर व्याध की तरह अपने दोनों लक्ष्यों को देख रही थी । किन्तु वह कलिंग का युवक ! उसने तो जैसे ऐसा नृत्य कभी देखा ही न हो । इतना वह भीतर-बाहर से प्रभावित हो रहा था कि उसकी उँगलियाँ उस समय मदिरालस हो गयीं, जब कि उसे तत्काल ही द्रुतगति आरम्भ कर देनी चाहिए थी । वह नेत्रों से इरावती के कलापूर्ण अवयवों को देखता हुआ मध्य लय में उँगलियों को बहलाने लगा । इरावती के अंग-अंग से रस की सृष्टि हो रही थी ।

इधर लय छूटने लगा था। सहसा युवक सावधान होकर द्रुत गति में बढ़ा। और नर्तकी अपनी रस-वृष्टि में चपला से भी अधिक तीव्र थी। युवक ने तीव्र-तम गति में भी उसको पिछड़ा न पाया। उसने वीणा को विराम देते हुए 'साधु-वाद' से उस नर्तकी का सत्कार किया। किन्तु इरावती अब ठीक अग्निमित्र के सामने बैठ गई थी। और वह साहसी कलिंग युवक अनुराग-भरी आँखों से उसकी ओर देखता हुआ अपनी एकावली उतारने लगा। उधर अग्नि की तरह जलता हुआ अग्निमित्र अपनी कृपाण पर हाथ रख रहा था। कोई क्षण किसी भी घटना की प्रतीक्षा कर रहा था। जालीदार चाँदी के बड़े-बड़े निवात, जिनके भीत अभ्रक लगे हुए थे, अपने पंचदीप को जैसे अपने भीतर-ही-भीतर जला रहे थे, ठीक उसी तरह अग्निमित्र जल रहा था। रुकावट इतनी ही थी कि थकी हुई इरावती सिर झुकाए, बंकिम ग्रीवा किये, तिरछी आँखों से उसी को देख रही थी। एकावली निकल चुकी थी। वह अंजलि में रख कर आगे बढ़ाई भी गई। किन्तु इरावती ने कह दिया—"मैं आर्य कालिन्दी की अनुचरी हूँ। मैं उपहा नहीं ले सकती। क्षमा कीजिए।"

सबकी आँखें कालिन्दी की ओर घूमीं। किन्तु वह मायाविनी कालिन्दी मुस्करा कर बोली—"आर्य, क्षमा कीजिए। आप आज पाटलिपुत्र के नागरिकों के अतिथि हैं। अतिथि का मनोरंजन करना हम लोगों का कर्त्तव्य है, उसमें पुरस्कार का प्रलोभन नहीं!"

युवक की भवें कुछ खिची! उसकी कुतूहलपूर्ण साहसिकता अपना आवरण उतार कर फेंकना चाहती थी कि केयूरक न जाने कहाँ से नग्न खड्ग लिए उछलता आ पहुँचा। उसने उन्मत भाव से कहा—"देव! हम लोग घिर गये हैं। कुछ काले वस्त्रों से ढँके सैनिकों ने इस सम्पूर्ण उद्यानगृह को अवरुद्ध कर लिया है।"

युवक ने खड्ग उठा कर कहा—"नहीं केयूरक! घबड़ाओ नहीं। खारवेल ने जो साहसिक कर्म किया है, तो वह प्रतिकार भी जानता है।"

कालिन्दी भय दिखलाती हुई चिल्ला उठी—"कलिंग चक्रवर्ती खारवेल!" किन्तु भीतर-भीतर वह जैसे हँस रही थी। अग्निमित्र ने विनीत स्वर में कहा—"महाराज! मैं वचन देता हूँ। महानायक अग्निमित्र के जीवित रहते आप निश्चित रहें।

और खारवेल ने कालिन्दी को देखा। उसने कहा—"तो तुम्हीं लोगों को राजगृह में मैंने देखा था।"

धनदत्त भयभीत और विमूढ़-सा हो रहा था; परन्तु ब्रह्मचारी ने कहा—"तो अब विश्राम करना चाहिए।"

"धनदत्त ने खीझ कर कहा—"विश्राम !"

"हाँ, यदि तुम्हारे यहाँ इसका स्थान न हो तो मैं कहीं भी जाकर विश्राम कर लूंगा।" वह सचमुच चला।

अग्निमित्र और कालिन्दी की आँखें क्षण भरके लिए मिलीं। उत्तर में कालिन्दी ने कहा—"ब्रह्मचारीजी ; यदि आप कहीं भी जा सकते हैं, तो यह मुद्रा लीजिए और महाराज के समीप उपस्थित होकर कहिए कि—"कलिंगाधिपति आपकी राजधानी में विपन्न हैं।" ब्रह्मचारी ने मुद्रा ले ली। गम्भीर होकर कहा—"तो मैं अब यहाँ लौटूंगा नहीं, तुम्हारा काम करता हुआ चला जाऊँगा।"

"महाराज जैसी अनुमति दे।" कालिन्दी ने कहा। अग्निमित्र ने ब्रह्मचारी के चले जाने पर खारवेल से कहा--"यह पाटलिपुत्र के साहसिकों की क्षुद्र मंडली होगी ! केयूरक ! उन लोगों के पास स्वस्तिक का चिह्न भी तुमने देखा है ?"

"हाँ, लाल स्वस्तिक।"

"वे अधिक-से-अधिक एक सौ होंगे। कोई चिन्ता नहीं। सेठ लूटा नहीं जा सकता। हम लोग अपने मनुष्यों को एकत्र करके व्यूह-रचना कर लेते हैं"—कह कर अग्निमित्र बाहर चला आया ! उसने देखा ब्रह्मचारी 'आन्नद !' की रट लगाता हुआ निर्भयता से बाहर की ओर उस काली रात्रि में चला जा रहा है। उसे न तो प्रकृति की भीषणता रोक सकती है, और न मनुष्यों का भय !

धनदत्त भी घबराया सा अग्निमित्र के साथ आ गया था। अग्नि ने पूछा—"तुम्हारे पास कुछ रक्षक, प्रहरी इत्यादि हैं भी ?"

"हैं क्यों नहीं, बीस से कम न होंगे।"

"तो उन्हें इस द्वारशाला में बुला लो।"

धनदत्त ने पास ही लगे हुए घंटे पर चोट लगाई। जितने अनुचर थे दौड़कर वहीं आ गये। अग्निमित्र ने उन्हें देखकर कहा—ऐसा जान पड़ता है कि हम लोग आततायियों से घिर गये हैं।"

"हाँ, स्वामी ! बाहर बहुत-से मनुष्य काले वस्त्रों में अपने को ढँक कर घूम रहे हैं, वे सशस्त्र हैं।" एक ने कहा।

"तुम्हारा तोरणद्वार बन्द होगा। सम्भवतः उसकी खिड़की खुली होगी।"

"हाँ स्वामी ! अभी केवल ब्रह्मचारी गये हैं।"

"आज तुम लोगों की परीक्षा का दिन है। आधे लोग द्वार पर रहें और आधे यहाँ। जब तक राजकीय सेना न आ जाय, द्वार-रक्षा होनी चाहिए। मैं

भी तुम लोगों के साथ हूँ।"—कह कर अग्निमित्र ने खड्ग कोश से निकाल कर ऊँचा किया। क्षण-भर में बीसों खड्ग चमकने लगे। और धनदत्त! वह तो इस रक्षा की व्यवस्था को देखकर घबरा गया था। अभी बूंदें पड़ रही थीं। आकाश निविड़ कृष्ण वर्ण का हो रहा था। कालिन्दी, इरावती और केयूरक के साथ खारवेल भी वहीं चले आ रहे थे।

पाटलिपुत्र का राजपथ उस काली रात्रि में सुनसान नहीं था। रह-रह कर घोड़ों के टाप सुनाई पड़ते थे। ऐसा जान पड़ता था, प्रायः सब राज-कर्मचारी सुगांग प्रासाद के विशाल प्रांगण की ओर जा रहे हैं। ब्रह्मचारी भी इन्हीं में से एक दल के पीछे-पीछे चला। चतुष्पथ तथा और भी आवश्यक स्थानों पर उल्काएँ जल रही थीं। वर्षा कुछ कम···

[अपरिसमाप्त]

●